ATHÉNAÏS

OU

GRÉGOIRE GHIKA,

Prince et Hospodar de la Valachie,

TRAGÉDIE EN QUATRE ACTES ET EN VERS,

PAR M. CHARLES BOUSCHARAIN.

L'amour n'est excusé que lorsqu'il est extrême.

VOLTAIRE.

NIMES.

DE L'IMPRIMERIE BALLIVET ET FABRE,

RUE DE L'HÔTEL-DE-VILLE, 11.

1846.

ATHÉNAÏS.

ATHÉNAÏS

ou

GRÉGOIRE GHIKA,

Prince et Hospodar de la Valachie,

TRAGÉDIE EN QUATRE ACTES ET EN VERS,

PAR M. CH. BOUSCHARAIN.

L'amour n'est excusé que lorsqu'il est extrême.

VOLTAIRE.

NIMES.

DE L'IMPRIMERIE BALLIVET ET FABRE,

RUE DE L'HÔTEL-DE-VILLE, 11.

1846.

PERSONNAGES.

Le Prince GRÉGOIRE GHIKA, Hospodar de la Valachie, qui prit soin de l'enfance d'Athénaïs, dont le père fut tué en combattant sur les bords du Prüth, dans la bataille qui eut lieu entre les Russes et les Turcs, en 1772.

NÉARQUE fils du Prince, amant d'Athénaïs.

ATHÉNAIS, maîtresse de Néarque.

MIKAEL, envoyé de l'empereur Osman, assassin du prince Grégoire, son ami.

EPHIME, confident, ami du prince.

SOLIMAN, confident de Mikaël.

CHRISÉIS,
PIÉTRO,
EUSÈBE,
HASSEM,   Principaux conspirateurs,

Vingt conspirateurs vulgaires qui paraissent sur la scène.

La scène se passe dans le palais du Prince, à Bukarest, capitale de la Valachie.

AVIS DE L'ÉDITEUR.

C'est un feuilleton que l'auteur lut, il y a quelques années, dans un des journaux de la capitale, qui lui donna l'idée et le sujet de la tragédie que nous avons imprimée.

Privé des secours de l'histoire, il n'a pu s'inspirer que du fait de l'assassinat de Grégoire Ghika ; vainement il a cherché à se la procurer, toutes ses démarches ont échoué.

Ce feuilleton avait pour titre : *Fin tragique de Grégoire Ghika, prince et hospodar de la Valachie.*

Le prince Ghika, après avoir reçu des promesses du gouvernement russe de la part de Romansoff, feld-maréchal de l'empire, livra le passage des principautés de la Valachie et de la Moldavie. Sans déclaration préalable de guerre, l'armée du czar pénétra sur le territoire turc, défit et mit en pièces les troupes ottomanes à la bataille qui eut lieu sur les rives du Pruth. La victoire fut complète ; un traité intervint ; les promesses faites à Ghika furent oubliées ; les principautés restèrent toujours sous la dépendance de la Turquie ; d'autres avantages furent accordés, soit en argent, soit en territoire à la Russie ; le prince abandonné fut obligé d'implorer la protection de Romansoff qui lui donna un asile dans la province qui était sous son commandement. Son exil dura deux ans. Par la médiation du roi de Prusse, il obtint grâce et redevint hospodar de la Valachie.

Une administration sage et la justice rendue à tous le firent aimer du peuple auquel il promettait sans cesse un meilleur sort. Le grand sultan en conçut de l'ombrage et forma le projet de se défaire d'un vassal qu'il croyait redoutable ; il avait auprès de lui un homme astucieux et cruel qui lui servait d'interprète. Cet homme avait nom Mikaël Scarlatos ; il était Grec d'origine. Entièrement vendu à son maître, pour lui plaire et lui prouver son dévoûment, il exécutait avec audace et sans remords tout ce qui lui était ordonné ; il ne reculait devant aucun crime, devant aucune infamie ; il embrassa l'islamisme, trahit son pays et son père, et le prince Ghika qui avait été son ami de collége.

C'est Mikaël qui l'avait encouragé et excité à la révolte, sans doute ponr avoir le plaisir de le perdre ; il était ambitieux à l'excès ; il ne voyait, il n'aimait que les richesses et les honneurs; il accepta la mission d'assassiner le prince dans l'espoir d'y parvenir.

Voici le piége qu'il lui tendit : il lui écrivit qu'il avait obtenu un congé de l'empereur et qu'il profiterait du temps qui lui était accordé pour l'aller visiter; Ghika, croyant qu'il venait pour s'entendre avec lui, reçut cette nouvelle avec joie ; peu après on lui remet une seconde lettre qui lui annonce que Mikaël est arrêté dans une petite ville située sur la frontière de la Valachie , mais que, retenu au lit par une maladie grave , il ait la bonté de venir le voir et d'amener avec lui son médecin dont il connait et apprécie les lumières.

Ghika s'empressa de se rendre à l'invitation de celui qu'il croyait son ami dévoué ; il se fait accompagner de son médecin et de ses gardes. Arrivés à la maison où était descendu Mikaël , ils sont introduits dans sa chambre ; il était au lit ; il s'était enveloppé la tête de manière à ne laisser apercevoir que la moitié de sa figure. Ghika l'aborde ; sa suite , sauf le médecin, resta à distance ; après s'être entretenu quelques momens, Scarlatos fait signe à Ghika de s'approcher pour recevoir une confidence ; ce dernier se penche pour prêter l'oreille ; aussitôt Scarlatos le saisit fortement d'un bras, et, de l'autre main tirant son cimeterre qu'il avait caché sous les couvertures, il tranche la tête de Ghika qui roule sur les coussins devant tons les assistans pétrifiés. Tous s'élancent au même instant sur l'assassin. Mais Mikaël d'un saut quitte son lit , déroule et montre le firman de l'empereur, et , de suite , tous, oui , tous reculent et s'inclinent, comme si le meurtre d'un ami par un ami était un arrêt de Dieu.

Mikaël périt misérablement. — C'est le sort de tous les scélérats.

Le récit de cette action horrible fit frissonner et émut l'auteur ; c'est sous le sentiment de cette impression, qu'il prit quelques lignes au crayon avec les noms des principaux personnages. Il fit un plan et se hasarda à composer une tragédie qu'il livre aujourd'hui à la publicité après bien des hésitations. Puisse le public accueillir son ouvrage avec bienveillance. Il se trouvera heureux si des sentimens généreux et quelques nobles pensées peuvent lui servir de recommandation et de laisser-passer.

ATHÉNAÏS.

ACTE PREMIER.

SCÈNE PREMIÈRE.

GRÉGOIRE, GHIKA, ÉPHIME.

ÉPHIME.

Prince, pardonnez-moi si j'ose demander
Quels soucis importans semblent vous obséder.
Avez-vous des secrets que je ne puisse entendre ?
Quel soin vous trouble enfin ? Désirez-vous étendre
De votre autorité la domination ?

GRÉGOIRE.

Je nourris dans mon cœur une autre ambition.
Amour sans intérêt de toutes mes études,
Secret consolateur de mes inquiétudes,
La sagesse, toujours fruit des réflexions,
Beau chemin qui conduit aux belles actions,
Me tente, me séduit ; c'est elle qui m'inspire
Un dessein qui me rit et que je vais te dire :

Osman de ses sujets fut toujours l'oppresseur;
Pour m'affranchir du joug du cruel empereur,
L'illustre Romansoff, agent de la Russie,
M'enveloppa des rets de son hypocrisie :
Adroit, plein de souplesse et de dextérité,
Avec moi, pour le rompre, il fit un vain traité;
Mais, croyant en tirer un très-grand avantage,
De mes principautés je livrai le passage;
Et Valaque, et Moldave, autour de moi pressés,
Sujets dans tous les temps à me plaire empressés,
Des Russes aguerris virent passer l'armée
Qui sur les bords du Pruth accrut sa renommée.
Les Turcs furent vaincus; mais les Russes sans foi
Traitèrent de la paix sans s'occuper de moi.
Romansoff me trahit, et, pour faveur dernière,
M'offrit de son pays la terre hospitalière.
Des faibles les puissans n'ont jamais eu pitié !
A leurs intérêts seuls je fus sacrifié.
Je languis dans l'exil deux ans sans espérance;
Mais du grand Frédéric la puissante assistance
Me fit rendre mes biens, mes titres, mes honneurs,
Et par elle je vis un terme à mes malheurs.
Bukarest me reçut. A la misère en proie,
Le peuple en me voyant fit éclater sa joie :
Le chemin, sur mes pas partout de fleurs semé,
Témoignait de l'amour qu'il gardait comprimé.
A cet accueil touchant mon âme fut émue,
Des larmes de plaisir obscurcirent ma vue,
Mon corps fut agité d'un long frissonnement
Qui dans moi produisit un double sentiment :
La honte de moi-même et l'amour du vulgaire.

Dès-lors je résolus de l'aimer, de lui plaire.
Dominé du désir de changer mon destin,
De mes jours en péril je ne crains pas la fin ;
J'ai foi dans l'avenir, et je me risque encore
Pour un plus grand dessein qui me flatte et m'honore.
Toujours trompé, toujours déçu dans mon espoir,
Je ne puis m'empêcher d'agir et de vouloir ;
Assiégé chaque jour des combats les plus rudes,
Mon cœur flotta longtemps dans ses incertitudes ;
Mais enfin je triomphe, et mon plan arrêté
Doit réorganiser notre société.
Je regarde avec haine et d'un œil de colère
Le système odieux où l'orgueil persévère,
Qui, manquant de grandeur et de sincérité,
A chaque pas qu'il fait marque une indignité.
Le dirai-je ? Je crois que le moment propice
Est venu pour détruire une grande injustice ;
Et pour donner au peuple un brillant rendez-vous,
Je veux briser ses fers et l'élever à nous ;
Par une charte enfin, sagement combinée,
Changer en de beaux jours sa triste destinée.
Ce n'est pas tout ; ici, je puis en sûreté
Dire un autre projet que mon cœur m'a dicté :
Le peuple, séparé de nous par notre audace,
Pour exprimer ses vœux n'a pas même une place,
Et, courbé sous le poids de l'inégalité,
Il rampe sans profit et vit sans dignité.
Sur ceux qui font les lois en retombe la honte !
Et je n'y trouve plus qu'un douloureux mécompte.
Je déteste un emploi qu'on ne peut estimer :
Le plus beau privilége est de se faire aimer. —

De mon hospodorat je dépose le titre ;
Je veux que de mon sort le peuple soit l'arbitre ,
Et, sans plus différer, je vais même aujourd'hui,
Pour lui prouver ma foi me confondre avec lui ;
— Si la puissance est grande, elle doit être pure ;
— Un chef né souverain n'est plus qu'une imposture ;
— Qui du peuple n'a pas reçu la sanction,
Usurpe le pouvoir, étant sans mission.
Un choix libre et d'amour honore la couronne ,
Et le don fait par tous n'offenserait personne ;
Car chacun exerçant sa souveraineté ,
Dans l'homme de son choix verrait sa dignité.

ÉPHIME.

Si le peuple, trompé, méconnaît le service ?

GRÉGOIRE.

Le peuple sait toujours réparer l'injustice ;
Mais comme en tout état l'on peut faire le bien ,
On descend sans rougir au rang de citoyen.

ÉPHIME.

L'excès du sentiment bien souvent nous égare.

GRÉGOIRE.

Le privilége, ami, fait de l'homme un barbare.

ÉPHIME.

Quelle borne à ces droits, mon prince, mettez-vous ,
Pour ne pas les tourner peut-être contre nous ?
Avez-vous pris au moins conseil de la prudence ?
Songez que le pouvoir, maître de la balance....

GBÉGOIRE.

Les droits acquis pour tous laissant libre le choix,
Chacun à son élu pourra donner sa voix;
Et, de l'injuste cens franchissant la barrière,
Nous entrerons de front dans la même carrière.
Le concours sera vrai pour exprimer nos vœux;
Qu'il soit paisible et digne ou bien tumultueux,
On en verra jaillir des faisceaux de lumière.
Qui maintiendront l'État florissant et prospère.
Nos droits étant égaux, de cette vérité
Naîtra le sentiment de la fraternité;
Elle nous régira; la loi, facile à faire,
Remplira tous les vœux du frère pour le frère;
Emanant de nous tous, et nous tendant la main,
On n'attentera plus au pouvoir souverain.

ÉPHIME.

Dussiez-vous me blâmer, pardonnez ma franchise;
En bravant les dangers d'une telle entreprise
N'appréhendez-vous pas tous les déchiremens
Qui sont le résultat de ces prompts changemens ?

GRÉGOIRE.

Ainsi qu'un monument monte pierre par pierre,
Le monde chaque jour en avançant s'éclaire;
Pour n'éterniser pas d'inutiles regrets
Avançons comme lui, secondons ses progrès;
Dès-lors, plus de terreur : le droit et la justice,
Après l'avoir construit, soutiendront l'édifice,
Et chacun, retrempé dans son égalité,
Jouira du triomphe et de la liberté.

J'ai mesuré du cœur cet intervalle immense
De l'ère qui finit à l'ère qui commence :
Forcés par le besoin, la justice à son tour
Des peuples et des rois sera seule l'amour;
Et nous verrons bientôt, comblant les intervalles,
Toutes les nations cesser d'être rivales,
Et soigner en commun leurs intérêts divers
Pour ne faire qu'un tout de ce vaste univers.

ÉPHIME.

Je dois vous dire encor, sans crainte de scandale,
Que celui qui perd tout pour suivre la morale
A toujours tort aux yeux de la société;
Des privilégiés craignons la cruauté.

GRÉGOIRE.

Je sais que bien des grands, des heureux, des timides
Me diront à grands cris le soutien des perfides;
Qu'ils ne trouveront plus, dans l'exécution,
Qu'embarras renaissant et que confusion;
Mais, Ephime, leur crainte est fausse ou simulée;
Car des rangs confondus l'imposante assemblée,
Disputant à l'envi de devoirs et de droits,
Atteindra sans danger le but sacré des lois.

ÉPHIME.

D'un cœur né vertueux telle est la maladie :
Toujours à se tromper son esprit s'étudie.
Et si vous échouez, quel sera votre sort?
Pourriez-vous l'ignorer...

GRÉGOIRE.

Je le sais, c'est la mort;

Mais si, pour être juste, il faut que je succombe,
Est-il plus grand honneur que celui de ma tombe?

Un envoyé de Mikaël, porteur d'une lettre pour le prince, entre.

SCÈNE II.

GRÉGOIRE, ÉPHIME, L'ENVOYÉ, un Garde.

GRÉGOIRE.

Mais quel est l'importun qui vient ici troubler?...

UN GARDE.

Mon prince, un étranger demande à vous parler.

GRÉGOIRE.

Qu'il entre. Laisse-nous. — Un conjuré, peut-être,
Que j'ai fait avertir...

L'ENVOYÉ *à Grégoire en lui remettant la lettre.*

De la part de mon maître.

GRÉGOIRE.

Mais quel est-il?

L'ENVOYÉ.

Lisez.

GRÉGOIRE *ouvre la lettre et reconnaît l'écriture de son ami.*

Rêvé-je! Mikaël!
Mikaël vient me voir, rendons grâces au ciel!
Pour mon dessein jamais je n'eus plus d'espérance,
Et cet ami, pour nous, est une providence.

ÉPHIME.

Vous pensez qu'il pourra....

GRÉGOIRE.

Tout ! Voyons ce qu'il dit,
Et tu pourras juger de l'homme par l'écrit.

Grégoire fait signe à l'envoyé de se retirer.

SCÈNE III.

GRÉGOIRE, ÉPHIME.

GRÉGOIRE *lit la lettre qui lui est adressée.*

« Mon cher Grégoire,

« Ton ami, fatigué de ses occupations et sentant le
» besoin du repos, a demandé et obtenu deux mois
» de congé de sa hautesse l'empereur Osman, notre
» maître; je profiterai de ce délai pour venir te visiter
» dans ton gouvernement. L'amitié qui nous lie depuis
» longues années promet à tous les deux les plus dou-
» ces jouissances; de plus, j'ai à te parler d'une affaire
» importante qui nous intéresse également. Adieu,
» mon ami, je suivrai de près l'arrivée de ma lettre, si
» je n'arrive pas plus tôt.

» Ton dévoué,

» MIKAEL. »

ÉPHIME.

Sa lettre ne dit rien, elle est trop évasive.

GRÉGOIRE.

C'est que pour Mikaël tu n'as pas la foi vive.
Il m'en a dit assez pour pouvoir m'avertir :
La prudence souvent épargne un repentir.
Avec moi Mikaël a passé sa jeunesse ;

Nul homme n'eût jamais plus de ruse et d'adresse.
Ses conseils au succès peuvent coopérer ;
Mais voici ce qui doit bien mieux nous rassurer :
Un Français m'a parlé; j'ai, dans sa confidence,
Justement reconnu tout ce que peut la France ;
J'ai compris de ses plans toute la pureté,
Et l'on doit augurer de leur habileté.
Généreuse, la France, intelligente et brave,
Compte des citoyens et n'a pas un esclave ;
Ses soldats, respirant l'air de la liberté,
En ont toute la force et la virilité.
Voyez ses bataillons, à leur aspect tout tremble !
Ils peuvent défier les nations ensemble ;
Leur sage discipline et leur fraternité,
Leur amour de la gloire et leur noble fierté,
Et l'audace et l'ardeur qu'enfante le courage ,
Sont-ils pas du succès l'infaillible présage?
Mais l'arme au bras, l'abri de leur noble drapeau ,
De notre liberté peut couvrir le berceau.
Sans aller affronter les hasard de la guerre ,
La France, par ses lois, transformera la terre ;
Debout, silencieuse, avec sagacité,
Sa sagesse prépare à tous l'égalité :
Comme l'eau d'un grand lac qui filtre et s'insinue,
Rajeunit tous ses bords quand ils l'ont reconnue,
L'on verra des Français les principes vainqueurs
Des peuples abrutis régénérer les cœurs.
O France, grande et belle, où l'on voit apparaître
Le peuple avec son chef, non le peuple et son maître !
Que ton nom, ton exemple et tes rares vertus,
Nous appellent bientôt au nombre des élus !

ÉPHIME.

La France et ses héros, son savoir, son génie,
A dans ces élémens pu trouver l'harmonie.

GRÉGOIRE.

La volonté suffit à qui veut s'employer ;
Les nôtres de leurs bras sauront nous étayer.
Le poids des fers les blesse, il est pénible et rude,
Et de les supporter ils perdent l'habitude ;
Leur âme, enorgueillie au nom de liberté,
Prépare des autels à sa divinité,
Et d'un vil esclavage entrevoyant le terme,
S'entretient d'un bonheur dont elle sent le germe.
J'ai visité le peuple, en paysan vêtu,
J'ai jugé sa conduite et connu sa vertu :
Le peuple est plein de sens, d'honneur et de courage,
Et dans ses sentimens je trouve un grand présage :
J'y vois le signe heureux de la moralité
Qui peut garantir l'ordre avec la liberté.

ÉPHIME.

Seigneur, les envieux, sans cœur et sans franchise,
Viendront incriminer le prince et l'entreprise,
Et du peuple trompé devenus courtisans
Ils vous signaleront le premier des tyrans !
Jaloux de vos vertus, confus de la victoire,
Ils se mettront d'accord pour flétrir votre gloire ;
Oui, qu'ils veuillent instruire ou servir leur pays,
Les grands hommes, seigneur, seront toujours trahis.

GRÉGOIRE.

Conseillé par mon cœur et fier de l'entreprise,
Je veux la hasarder sans crainte, avec franchise ;

Je mettrai tous mes soins à la mener à fin,
Et si je réussis je bénis mon destin.
Ces puissans potentats, si fameux par la guerre,
Ne se sont illustrés qu'en ravageant la terre.
Modèles généreux d'un noble dévoûment,
Ne méritons un nom que par le sentiment;
Cher Éphime, avec lui ton prince t'associe,
Au nautonnier hardi le passager se fie,
Et, s'il est arrêté par la fureur des flots,
Le passager est brave et sert les matelots.
Que de nos noms heureux la terre retentisse,
Que le tyran ait peur, que le jaloux pâlisse!
Alors, tirés tous deux de notre obscurité,
Nous passons du néant à l'immortalité!
Livrons-nous à l'espoir quand notre cause est bonne!
La ruche a-t-elle peur quand le frelon bourdonne?
Suspend-elle un instant l'ardeur de ses travaux?
Non! les méchans ne sont que de faibles rivaux.
Rendons vains leurs efforts et que notre constance
Les force, les réduise aux cris de l'impuissance.

ÉPHIME.

Vous m'avez convaincu, le dessein avoué,
Prince, comptez sur moi, je vous suis dévoué.

GRÉGOIRE.

Ephime, en toi je mets toute ma confiance;
Je compte sur tes soins comme sur ta prudence;
Agis avec vigueur, surtout sans hésiter;
Qui veut bien réussir doit vite exécuter.
A ceux qui n'aiment plus que la solide gloire,
Fais voir le bien public pour prix de la victoire, —

Pénètre tous les cœurs, frappe tous les esprits,
Que les plus indolens soient émus et séduits,
Et tu sauras donner, te montrant intrépide,
Du courage au peureux, de l'audace au timide ;
Mais, comme ils seront mus par des vœux différens,
Si le succès douteux les retenait flottans,
Pour les déterminer, use enfin d'artifice ;
Que l'or et les faveurs (merveilleux maléfice),
Offrant un double attrait à leur cupidité,
Excitent et leur zèle et leur rivalité.
Ces hommes au cœur chaud dont la noble parole
Pénètre tous les sens, éclaire et fait école,
Nous les verrons ardens à prêter leur concours ;
L'éloquence magique est un heureux secours ;
En tous temps, en tous lieux, on verra sa puissance,
En maîtrisant le cœur, grandir l'intelligence !

ÉPHIME.

Fiez-vous à mes soins, à ma fidélité ;
Je sais de vos desseins l'austère probité ;
Je sais qu'on doit avoir foi dans votre promesse,
Que votre amour pour tous n'est point une faiblesse,
Et que votre franchise et vos purs sentimens
Vont lier vos amis sans l'appui des sermens.
Je vais.... je cours agir.

(Il sort)

SCENE IV.

GRÉGOIRE seul.

            Malgré son assurance,
Je ne puis maîtriser toute ma méfiance ;

Je le trouve indécis, flottant. mal affermi....
Qui, moi le soupçonner?.... je suis trop son ami.
Non, je l'ai toujours vu me servir avec zèle,
Il ne peut pas trahir une cause si belle.

SCÈNE V.

GRÉGOIRE, ATHÉNAIS, NÉARQUE.

GRÉGOIRE, *à part.*

Quel contre-temps! Néarque avec Athénaïs!

A son fils.

Je ne m'attendais pas à voir ici mon fils.

NÉARQUE.

Si je viens vous troubler, excusez-moi, mon père;
Je dois de vos froideurs éclaircir le mystère.
Vous êtes soucieux, et, depuis quelques jours,
Je ne puis vous parler, vous m'évitez toujours :
Je vous crois agité d'une grande pensée;
Sous son poids trop pesant votre âme est affaissée :
Un fils qui vous chérit pourrait la recevoir,
Et vous jugeriez mieux de lui, de son devoir.
Pour tenter mon amour, éprouvez mon courage;
Je sens que j'ai reçu l'un et l'autre en partage.
Où mon père me craint, ou ne m'estime pas,
Et, s'il me croit du cœur, il doute de mon bras.

GRÉGOIRE.

Si je ne te dis rien, mon fils, c'est la prudence
Qui dans mon cœur de père enferme le silence.
En toute occasion, je t'ai vu circonspect;
Persister, ce serait me manquer de respect.

J'ai confiance en toi, je connais ton courage,
Mais je dois ménager l'avenir de ton âge.
Si mes prévisions venaient à me tromper,
Il faut qu'à mes malheurs tu puisses échapper;
Plus tard, lorsque les ans auront mûri ta vie,
Tu pourras m'être utile et servir la patrie;
Laisse changer en fruits les fleurs de ton printemps :
C'est toujours mal agir qu'agir avant le temps.

NÉARQUE.

Quand mon père a pour moi tant de sollicitude,
Pourquoi me laisse-t-il une autre incertitude?...
Mais, puisque vous m'avez commandé le respect,
Je me tais; mon devoir est d'être circonspect.
Permettez-moi pourtant.... Athénaïs, troublée,
Voudrait savoir pourquoi vous l'avez appelée.

GRÉGOIRE.

J'ai vu sans déplaisir vos amitiés d'enfant;
Je dois craindre aujourd'hui que l'amour triomphant,
Ne prépare à tous deux des malheurs et des peines;
C'est pour les prévenir qu'il faut briser ses chaînes.
Si par de vains discours vous vouliez m'abuser,
De mon autorité vous me verriez user.
Et vous, Athénaïs, dont l'aimable innocence,
Me rendit fier d'avoir pris soin de votre enfance,
Pourriez-vous me donner lieu de m'en repentir ?
A tout ce que je veux saurez-vous consentir ?

ATHÉNAIS.

Mon prince, soyez sûr de mon obéissance,
Croyez à mon respect, à ma reconnaissance;

Quelqu'effort qu'il en coûte à mon cœur attristé,
N'appréhendez plus rien, vous serez écouté.

GRÉGOIRE.

Ma fille, conservez cette noble franchise.
Satisfait de vous voir à mes ordres soumise,
Ma tendresse pour vous en redouble aujourd'hui ;
Eh bien ! plus que jamais, comptez sur mon appui.
Ce que vous ignoriez, vous avez des richesses
Que vous augmenterez du fruit de mes largesses.
Et vous, mon fils, et vous, il ne faut plus penser
A nourrir un penchant trop fait pour m'offenser ;
C'est pour votre intérêt, votre honneur, votre gloire,
Qu'il faut sur votre cœur remporter la victoire.

Le prince sort; Athénaïs et Néarque remontent la scène avec lui pé-
nétrés de douleur.

SCÈNE VI.

NÉARQUE, ATHÉNAIS.

ATHÉNAÏS, avec l'accent du désespoir.

Que ton père est cruel !... Non, il n'a pas compris
Combien nos cœurs s'aimaient, comme ils étaient épris.
Connais mon imprudence : Empressée à lui plaire,
J'ai promis, je le vois, ce que je ne puis faire ;
Et malgré mon devoir fidèle à m'avertir
Pourrais-je m'empêcher d'aimer et de sentir ?
J'interroge mon cœur, qui me répond : Tes peines,
Tes malheurs, tes plaisirs, ton espoir sont mes chaînes.
Mon cher Néarque, hélas ! que vais-je devenir ?
Mes maux ont commencé, les verrai-je finir ?
D'étouffer mon amour je ne suis plus maîtresse,
Et j'en éprouve trop et le charme et l'ivresse.

Tout vint contribuer à mon égarement ;
Ma jeunesse naïve et mon isolement.
Ce palais qui pour nous fut une solitude ,
Tous nos plaisirs d'enfant, une longue habitude ,
Et les soins de ton père et tes soins assidus ,
Mon sort que tu pleurais, tes bontés, tes vertus,
Ont formé par degrés ma triste destinée ;
Je suis du monde entier la plus infortunée !
Et, pour mettre le comble à toutes mes douleurs,
Le Ciel n'a pas besoin d'inventer des malheurs.

NÉARQUE.

De ne plus nous aimer mon père a donné l'ordre ,
Et, par ce coup affreux, mon esprit en désordre
Ne sait plus ce qu'il veut, s'il ne peut espérer,
Et nous l'avons reçu tous deux sans murmurer.
Dans ses prévisions, sa tendresse cruelle
A pensé qu'un de nous pourrait être infidèle :
C'est à nos propres yeux vouloir nous rabaisser.
Et mon père n'a pas craint de nous offenser !
Malgré notre malheur, qu'irrite cette offense,
Nous sera-t-il permis de garder l'espérance ?
Si de tant de rigueurs il n'a point de regret
Faudra-t-il nous résoudre et subir son arrêt ?
Le devoir me commande et mon cœur se rebelle ;
Suivrai-je mon devoir ? resterai-je fidèle ?
Qui me conseillera ?...

ATHÉNAÏS.

L'amour.

NÉARQUE.

Non.

ATHÉNAÏS.

Le devoir !

NÉARQUE.

Je l'ignore ; tous deux causent mon désespoir.

ATHÉNAÏS.

L'amour doit triompher ?...

NÉARQUE.

Eh ! que puis-je te dire ?

Plains-moi, plains ton amant !

ATHÉNAÏS.

Je souffre ton martyre !
Mais qui laisse sitôt intimider sa foi,
Ou connaît peu l'amour, ou le sent moins que moi.
Hélas ! je me faisais une si douce idée
De maîtriser ton cœur, d'en être possédée !
Je te vois balancer : l'amour et le devoir.
L'amour est-il un dieu s'il n'a pas de vouloir ?
Oh ! non, Néarque, non, je ne suis pas aimée !
J'en crois les mouvemens de mon âme alarmée.
Tout est fini pour moi : l'orgueil, l'avidité,
Dans les sordides cœurs ont fait un vil traité ;
Et, par un sentiment qui fait à tous injure,
L'amour des biens, du rang, a vaincu la nature ;
Mon malheur est certain !...

NÉARQUE.

O cruelle rigueur !
Plaisir de m'offenser, soupçon d'un mauvais cœur.
Si j'aime Athénaïs, ce n'est qu'elle que j'aime ;
Que m'importent les biens, la puissance suprême,

Les biens et les grandeurs n'ont rien pour me tenter
Si sans Athénaïs il les faut accepter.
Mais quel démon a pu t'inspirer tant d'alarmes,
Pour flétrir ton amant et renier tes charmes ?
Si tu m'aimes, mon cœur, brûlé des mêmes feux,
Ne peut vouloir ici que tout ce que tu veux.
Viens, bannis tes frayeurs, allons trouver mon père,
Et, de ses volontés, pénétrons le mystère.

ATHÉNAÏS.

Tous mes maux sont finis, je renais à l'espoir :
On peut tout obtenir à force de vouloir.
Va tomber à ses pieds, presse, pleure, conjure ;
Par des respects touchans attendris la nature.
Notre père est né bon, il aima comme nous,
Il connut le pouvoir d'un sentiment si doux.
Peins-lui bien notre amour, il sentira nos peines ;
Rompant du préjugé les vaniteuses chaînes,
Pénètre, émeus son cœur, excite sa pitié,
Ne crains ni son courroux, ni son inimitié.
Qui veut vaincre un obstacle au péril se hasarde,
Mais l'on peut échouer si peu que l'on retarde :
Un court délai souvent amène un repentir.
Mon Dieu ! fais qu'à nos maux il puisse compâtir !

NÉARQUE.

Toi qui dis mieux que moi tout ce que tu veux dire,
Tu sauras sur mon père exercer plus d'empire ;
Une femme en priant touche bien plus que nous ;
Son geste, son regard, son accent est plus doux,
Elle sait embellir du pouvoir de ses larmes
Tout ce qu'elle a reçu de grâces et de charmes,

Et, par le sentiment qu'elle a de ses douleurs ,
Commander la pitié qu'on doit à ses malheurs.
Oui, ton sexe fut fait pour régner et séduire !
L'homme le plus cruel doit subir son empire.
Si parfois avec vous nous osons disputer,
Nous n'obtenons jamais que l'honneur de lutter.

ATHÉNAÏS.

Néarque , je ne sais si mon cœur ne m'abuse ,
Je crains que par ma voix ton père ne refuse.

NÉARQUE.

Non , si par grandeur d'âme , il prit soin de tes jours ,
Peut-il par son refus en abréger le cours ?
On est presque vainqueur alors qu'on intéresse ,
Crois qu'il prendra pitié de ta vive tendresse ,
Qu'il voudra , consacrant tout le bien qu'il t'a fait ,
Par son consentement couronner son bienfait.

ATHÉNAÏS.

Pleine du sentiment de l'espoir qui te guide ,
Si tu m'accompagnais , je serais moins timide.

NÉARQUE.

L'amour et le devoir sont nos instigateurs ,
Viens, et que par eux seuls se confondent nos cœurs.

FIN DU PREMIER ACTE.

ACTE DEUXIÈME.

SCÈNE PREMIÈRE.

CHRISÉIS, EUSÈBE, HUIT CONSPIRATEURS VULGAIRES.

CHRISÉIS.

Grégoire ici nous mande, et pour changer les lois
Il veut avant d'agir s'assurer de nos voix ;
Suivons avec ardeur cette grande entreprise ;
Que le ciel avec nous de concert la conduise ;
Que las de contempler des peuples malheureux,
Il leur soit favorable et combatte avec eux.
Et qu'une glorieuse et brillante conquête
D'un heureux avenir éternise la fête.
Aux braves, aux cœurs purs , à ceux qui, dévoués
Aux belles actions par goût se sont voués,
Faisons part de nos vœux et de notre espérance
Pour rendre un juste hommage à leur intelligence.
Que leur zèle fervent en faisant des héros,
Pour les glorifier les arrache au repos.
Une œuvre sainte couve, et, sur le point d'éclore,
Du jour de la justice elle annonce l'aurore.
Rallions-nous au chef qui veut hâter le jour.
Secondons son dessein, c'est un dessein d'amour ;
Il est grand, il est beau, généreux, équitable,

Lui refuser son bras, c'est se rendre coupable ;
C'est manquer à la fois de courage et de cœur ,
C'est fuir l'occasion de combattre en vainqueur ,
C'est abdiquer la gloire et nier sa puissance ,
Et faire un lâche aveu de son insuffisance...
Non , vous auriez horreur de tant d'indignités ,
Car pour hommes de cœur je vous ai tous comptés.

EUSÈBE.

Oui , je crois au succès, mais je crains les habiles
Qui ne s'étant bornés qu'à des vœux inutiles ,
Viendront furtivement revendiquer l'honneur
Que le courage achète et qu'on frustre au vainqueur.
Ils auront tout prévu, tout fait ; leur suffisance,
Pour prendre sur le temps a calculé d'avance ;
Puis, pour la liberté, tous n'ont pas même amour, ᾽
J'en sais qui la voudraient seulement pour un jour ;
Qui , de leurs lourdes mains imposant la déesse ,
Demain prépareraient sa précoce vieillesse.

CHRISÉIS.

Que n'ai-je le pouvoir de transfuser mon sang ,
Pour donner l'énergie à qui doit être grand !
Sont-ce là des raisons ? Que t'importent ces hommes ,
S'ils n'ont pas le bonheur d'être ce que nous sommes ?
Ces hommes corrompus, dont la perversité
Exploite l'égoïsme et la cupidité ;
Si de l'hypocrisie ils se font une gloire ,
Ne sont-ils pas flétris ? Leur hideuse mémoire
Est transmise salie à la postérité ;
Et l'histoire à grands traits peint ce qu'ils ont été.
Vivans , on n'a pour eux que de la répugnance ;

Morts, la terre reçoit leur corps sans espérance.
Devons-nous rester vils s'ils n'ont point de grandeur?
Non, non, il faut agir avec bien plus d'ardeur,
Et pour prouver combien nous avons l'avantage,
Avoir pour eux et nous de force et de courage.

EUSÈBE.

Mon esprit incertain...

CHRISÉIS.

Réponds-moi, j'agirai.

EUSÈBE.

Crois-tu bien que le temps...

CHRISÉIS.

Après.

EUSÈBE.

J'y penserai...

CHRISÉIS.

Quoi! cet amour ardent qui fermente en mes veines
Ne t'a rien dit encor? Aimerais-tu les chaines?
Rejeté comme indigne, en lâche fainéant,
Livrerais-tu ta vie aux hontes du néant;
Et tu supporterais l'insupportable idée
Qui déchire mon âme et la ronge obsédée?
Quand on est sans honneur, quand on manque de foi,
D'un servage éternel on accepte la loi.
A des signes honteux dois-je te reconnaître?
Quoi! vivre et n'être pas, penser, sentir sans être;
N'aurais-tu rien en toi, pour te dire : Je suis!
Point d'inspirations qui te dise : Je puis!

Je puis! ma volonté de fer, inébranlable,
Demande que la loi, pour tous soit équitable.
Et, sur votre refus, sans manquer à l'honneur,
Qui n'est pas citoyen, se fait conspirateur.
Voilà ce que l'on sent et ce qu'on exécute,
Et l'on meurt triomphant, ou martyr dans la lutte.

EUSÈBE.

Et qui n'a pas le cœur d'agir ouvertement,

CHRISÉIS.

Dans l'ombre, à pas de loup, marche secrètement.

EUSÈBE *se décide.*

Mon indécision n'était plus qu'une feinte ;
Si tu n'as point de peur, je n'eus jamais de crainte.

CHRISÉIS.

La misère est connue à qui souffrit la faim ;
Nos premiers soins seront pour qui manque de pain.
D'abord l'humanité ; que la loi la plus juste,
De notre avènement soit le signal auguste.

UN AUTRE CONSPIRATEUR.

Le triomphe est aveugle, et vous vous corromprez.

CHRISÉIS.

Lâche ! qui te l'a dit !

LE MÊME.

Ceux que vous bannirez.

CHRISÉIS.

Donc, nul n'aurait reçu la sagesse en partage ?

LE MÊME CONSPIRATEUR.

Sans doute... L'intérêt en façonne l'usage ;

EUSÈBE.

Méfions-nous de lui, je crois qu'il est douteux.

CHRISÉIS.

Erreur...

EUSÈBE.

Quoiqu'il en soit, sur lui j'aurai les yeux.

CHRISÉIS.

Amis, ne craignez rien; il est prudent et probe,
Je sais qu'il ne fera...

EUSÈBE *désigne le conspirateur
qui a parlé.*

Tu vois, il se dérobe.

CHRISÉIS.

Suivez ses mouvemens, observez tous ses pas,
Et vous m'avertirez.

LES SEPT CONSPIRATEURS ENSEMBLE.

Nous ne le quittons pas.

(Ils sortent après lui.)

SCENE II.

PIÉTRO *entre suivi de dix conspirateurs.*

CHRISÉIS, PIÉTRO.

CHRISÉIS.

Mais j'aperçois Piétro qui s'avance; il est sombre.
Eh bien ! de nos amis viens-tu grossir le nombre ?

PIÉTRO, *avec mystère.*

Oui, le prince lui-même ici nous a mandés ;
Nos bras et nos secours lui seront accordés ;

Las d'être repoussés de la grande famille
Nous voulons y rentrer pour que chacun y brille.
Il n'est que le puissant pour nous désapprouver,
Mais qui ne le craint pas, peut toujours le braver.
Ces braves que tu vois et dont le cœur bouillonne,
Tous sont exaspérés, mais moi plus que personne.
Le puissant fait des lois empreintes de méfaits ;
Les droits suivent les biens ; il a tout , je le hais.

CHRISÉIS.

Et pourquoi le hais-tu , puisque tu sais qu'il donne ?

PIÉTRO.

Je le hais d'autant plus que j'en reçois l'aumône ;
L'aumône est une honte, et quand on la reçoit,
A celui qui la fait, comprends-tu que l'on doit ?
Et moi qui n'ai plus rien qu'une ignoble existence ,
Moi qui trouve un plaisir dans la reconnaissance ;
Ne pouvant m'acquitter , conçois mon désespoir ,
Quand le sort me défend de remplir un devoir.

CHRISÉIS.

Va , calme tes douleurs et cesse tes alarmes,
Car peut-être ce jour mettra fin à tes larmes.

PIÉTRO.

Plût au ciel !.. Soupçonnés , entourés d'ennemis,
Sans plaintes, sans murmure , il faut vivre soumis ;
Tout étouffer, de peur de leur porter ombrage,
Et sous l'humilité dévorer notre rage.
Ah ! quand viendra le temps ?

CHRISÉIS.

               Ami , l'humilité
Conviendrait à celui que le ciel a doté.

Son manteau cacherait ce qu'a d'épouvantable
Le superflu des biens qui manque à son semblable.
Et les plis imposans de ce double manteau
De notre état honteux gazeraient le tableau.

(Il s'adresse aux conspirateurs.)

Et vous qui d'un cœur fier avez tous la noblesse ,
Ne frémissez-vous pas de voir notre bassesse ?
Ne vous sentez-vous pas confus, hnmiliés ,
D'être par les puissans toujours mystifiés ?
A souffrir lâchement passerons-nous la vie !

PIÉTRO.

A changer notre sort, le malheur nous convie;
Mais peut-on le changer sans obtenir nos droits....
Réclamons hardiment, toujours , à haute voix.
De nos obsessions faisons leur un supplice;
A force de crier, nous obtiendrons justice.

CHRISÉIS.

Agir vaut encor mieux.

PIÉTRO.
Tant de fois averti

Le pouvoir....

CHRISÉIS.
Le pouvoir, quand s'est-il converti?

O cœur novice et pur! âme noble et loyale !
Ici qui fait la loi? c'est la force brutale.
Des droits les plus sacrés , avides et jaloux ,
Les puissans n'ont rendu que des lois de courroux;
Pour pouvoir à leur gré consacrer l'injustice
Et nous anéantir , il se nomment d'office.
Ces privilégiés, ces vils usurpateurs ,
En tous temps de nos maux furont les seuls auteurs;

Biens, honneurs, dignités, droits, noblesse, fortune;
Ils ont tout et nous rien, quand la terre est commune;
Nous naissons, nous vivons, misérables, exclus;
A les entendre dire, ils sont les seuls élus;
Et se substituant au Créateur lui-même,
Ils figurent ici la puissance suprême.
Ces superbes n'ont rien que Dieu n'ait destiné
Pour nous tous; ici bas, rien n'est prédestiné :
S'ils pèsent la justice au poids de leur puissance,
Nous avons un bassin pour faire la balance.
La force? Assez de temps, ils nous ont abusés,
Et de leur joug de fer, les liens sont usés.
Leurs pouvoirs mal assis, sont précaires, fragiles,
Et nous les briserons malgré qu'ils soient habiles.

Ephime et le prince Grégoire entrent, et doivent
avoir entendu les deux derniers vers.

SCÈNE III.

GRÉGOIRE, EPHIME et les précédens.

GRÉGOIRE avec force :

Oui, nous les briserons; votre prince aujourd'hui
Vous répond du succès puisqu'il a votre appui;
Un secours imprévu que le ciel nous envoie
A rempli tout mon cœur d'espérance et de joie.
Pensez combien d'affronts vous avez à venger;
Venez autour de moi, venez tous vous ranger.
Vous êtes forts, marchez; mais avec confiance,
C'est pour nos libertés et notre indépendance,
Qu'en ce jour nos efforts doivent se réunir,
Et les esclaves nés verront leurs maux finir.

CHRISÉIS.

Ghika! notre sauveur, ô prince noble et sage,
Oui, ton amour pour nous, nous transmet ton courage ;
Oui, nous te le jurons, quoiqu'il faille souffrir,
Si nous sommes vaincus, nous saurons tous périr.

PIÉTRO, *avec dédain.*

Puisqu'il me faut mourir, qu'importe qu'on me tue !
Mettre fin aux tourmens de mon âme abattue,
C'est être mon ami... c'est savoir prévenir,
La honte que j'aurais de me ressouvenir ;
Et ce dernier bienfait portant sa récompense,
Je serai libéré de la reconnaissance...
Amis, qu'en dites-vous ?

TOUS LES CONSPIRATEURS.

Nous pensons comme toi.

PIÉTRO.

Nous pouvons donc agir pour préparer la loi.

GRÉGOIRE.

Mikaël va venir, et j'attends sa présence
Pour m'aider des conseils de son expérience ;
Avant la fin du jour, vous serez appelés.
Tout seconde nos vœux ; tenez-vous prêts ; allez.

Ils sortent tous.

SCÈNE IV.

GRÉGOIRE, EPHIME.

GRÉGOIRE.

Eh, bien ! Ephime ; eh, bien ! la chance est-elle belle ?

EPHIME.

Jusqu'ici, ma démarche a couronné mon zèle ;

Nous aurons tous les chefs des districts, des cantons,
Et chaque jour verra croître nos bataillons;
Vous devez être sûr des chefs et de l'armée,
Et de la ville enfin la jeunesse estimée
Sous vos nobles drapeaux brûle de se ranger;
Quand vous l'appellerez vous pourrez en juger.
Prince, si le succès répond à l'espérance,
Quel peut être le prix de votre récompense?

GRÉGOIRE.

Mon bonheur et le vôtre... on vient...

EPHIME.

C'est votre fils

Qui s'avance en tremblant avec Athénaïs.

GRÉGOIRE.

Ephime, laisse-nous; j'irai bientôt te prendre
Ils veulent me parler, et je dois les entendre.

SCÈNE V.

GRÉGOIRE, ATHÉNAIS, NÉARQUE.

GRÉGOIRE.

Quel motif si pressant près de moi vous conduit?

ATHÉNAÏS, *avec hésitation.*

Mon père, notre amour...

NÉARQUE *avec assurance.*

L'amour qui nous séduit.

GRÉGOIRE.

Je croyais à tous deux un peu plus de noblesse,
Et vous ne craignez pas de perdre ma tendresse!
Mon fils, à vos devoirs faut-il vous rappeler?

(Néarque fait un mouvement pour se défendre.)

Vous ne les savez pas seulement épeler;

3

Me ferez-vous haïr jusqu'à mon titre même
En changeant mon bonheur en une peine extrême ;
Je vous aurais donné de meilleurs sentimens,
Et j'espérais bien mieux de mes enseignemens.

A Athénaïs.

Quand d'un père, pour vous, j'ai toute la tendresse,
Vous riez du bienfait et de votre promesse.
Dites-moi, de quel nom dois-je vous appeler?
Me ferez-vous rougir en me faisant parler :
Oui, je crois, vous voyant tremblante, humiliée,
Qu'avant de l'avoir faite, elle était oubliée.

ATHÉNAÏS, *effrayée.*

Néarque !...

NÉARQUE, *avec vivacité.*

Ne crains rien...

ATHÉNAÏS.

Mon père..., près de vous....
Pardonnez-moi, seigneur, écoutez sans couroux ;
Vous me l'avez appris, je sais ce qu'est un père,
Et ce titre sacré, que dans vous je révère,
De tous le cœurs bien nés doit être respecté.
Je chérirai toujours sa juste autorité ;
Aussi, vous me verrez et soumise et tremblante
En disant mes ennuis parler en suppliante.
Mon prince, il est trop vrai, vos ordres absolus
Nous avaient condamnés à ne nous aimer plus,
Et, sans interroger les lois de la prudence,
Je vous avais promis entière obéissance.
Eh! bien, le sentiment qui remplit tout mon cœur,
Que votre fils partage avec la même ardeur,
Et dans lequel je crus trouver le bien suprême,
Ne veut plus me laisser disposer de moi-même,

Et le cruel amour bien plus puissant que moi
Forçant ma volonté me fait subir sa loi ;
Frondant les préjugés, il se rit de ma peine,
Plus je veux résister, plus il serre ma chaîne.
Jugez de mes tourmens et de mon désespoir,
Lorsque contre mon gré je manque à mon devoir,
Moi qui voudrais, seigneur, soigneuse de vous plaire,
Mériter votre estime et non votre colère ;
Oui, même en vous parlant, je cherche à surmonter
L'amour que mon orgueil se plaisait à dompter,
A vos yeux j'aurais pu, feignant l'indifférence,
Sous des dehors trompeurs cacher sa violence ;
Mais mon cœur eût gémi de cette indignité,
Et j'ai cru vous devoir toute la vérité ;
C'est là le seul moyen que l'honneur autorise :
Ah ! si tel est mon sort, punissez ma franchise,
Et je n'ai plus d'espoir ! elle est mon seul recours...
Non... j'ai votre bonté, j'implore son secours ;
En ma faveur ici, mon père, qu'elle éclate,
Pour me faire oublier que je suis une ingrate ;
Que je puisse à vos yeux n'avoir plus à rougir ;
Sauvez-moi du remords qui suit le repentir ;
Mon tourment est affreux ; mon père qu'il vous touche,
Que le pardon du cœur passe par votre bouche ;
Et par ce noble trait de générosité,
Rendez à ma vertu toute sa pureté.

GRÉGOIRE, à part.

Je ne sais plus que dire, et plus je considère...

A Athénaïs.

Peut-on plus franchement irriter ma colère,

ATHÉNAÏS.

Prince, vous êtes bon, et l'on peut être grand
Quand on a les moyens de n'être pas tyran.

GRÉGOIRE.

Eh ! bien, je vous pardonne ; en faut-il davantage ?

ATHÉNAÏs *s'adressant à Néarque.*

Je n'ose l'avouer..,

NÉARQUE.

Rappelle ton courage !

ATHÉNAÏS.

On sent ce qu'on veut dire, et si l'expression
Ne répond pas toujours à notre intention,
Celui qui nous écoute, aidant à nous comprendre,
S'il veut notre bonheur saura bien nous entendre.

GRÉGOIRE.

Quand il aspire au rang qui ne nous est pas dû,
Un cœur ambitieux hasarde sa vertu,
Et quoique je me plaise à vous nommer ma fille,
On ne vous verra pas compter dans ma famille.
Voudriez-vous malgré moi...

ATHÉNAÏs, *avec douceur et noblesse.*

Mes vœux et mes soupirs,
Ne m'ont jamais coûté de criminels désirs ;
Je n'ai point à rougir d'une indigne faiblesse.
Je tiens à mon honneur comme à votre tendresse.
J'ai perdu celle-ci... L'honneur reste à franchir ;
La grandeur de mes maux ne pouvant vous fléchir,
Toujours sûre de moi, fille respectueuse,
Je dois quitter des lieux où je serais honteuse ;
Laissez-moi loin de vous, et toute à mes douleurs,
Dévorer mon amour et pleurer mes malheurs.

Et par un repentir, douloureux, mais sincère
Expier de mon cœur la faute involontaire.

NÉARQUE, *effrayé et transporté.*

Mon père, vous, ingrat! O ciel! qui l'aurait cru?

GRÉGOIRE.

Quoi ! mon fils, vous osez ?...

NÉARQUE.

Mais , des rives du Pruth
Auriez-vous oublié la terrible bataille ,
Le bronze vomissant la mort et la mitraille ;
Les Russes et les Turcs , tour à tour culbutés ;
Ces derniers voulant fuir, dans l'eau précipités ;
La fureur des soldats des deux côtés égale ,
La mort sourde à leurs cris, à tous les rangs fatale ,
Et les deux camps mêlés, n'offrant de toutes parts ,
Que longs ruisseaux de sang et cadavres épars ?
Vous , pressé par le nombre et fumant de carnage ,
Vous n'aviez de secours que de votre courage ;
Sous l'inspiration des feux de l'amitié,
Quand vous n'attendiez plus ni merci, ni pitié ,
Son père , secondé par son heureuse audace,
Défit vos assaillans et put prendre leur place.
Mais un gros de soldats rendant vains ses efforts ,
Il fit pour vous sauver un rempart de son corps.
Glorieux du succès de sa sollicitude ,
Il expira content et sans inquiétude.
Ce dévoûment , plusieurs aimaient à le conter ;
Heureux, je les pressais de me le répéter.
Ah ! si dans ces récits mon amour prit naissance ,
Il est le noble enfant de la reconnaissance ;

Et comme il est de ceux que l'on peut avouer,
La force m'a manqué pour le désavouer.
Athénaïs reçut le malheur en partage.
Son père vous sauva par un trait de courage.
Approuver mon hymen avec Athénaïs
C'est pouvoir s'acquitter par le bonheur d'un fils.
Si par là vous croyez trop payer le service ,
Est-il pour un grand cœur un trop grand sacrifice ?

GRÉGOIRE.

J'ai pris soin de sa fille , et pour la protéger......

NÉARQUE.

Vous ne l'avez pas mise à l'abri du danger ;
Et si, dans son amour, vous l'avez pardonnée ,
Votre pardon a-t-il changé sa destinée ?
Mon père, serez-vous généreux à moitié ?
Si ce n'est par devoir, que ce soit par pitié ;
Goûtez d'un bienfaiteur toutes les jouissances
En comblant d'un seul mot toutes nos espérances !

GRÉGOIRE.

Et vous consentiriez à vous mésallier ?

NÉARQUE.

Impuissantes raisons ! pour se justifier ,
Athénaïs, du cœur a toute la noblesse ;
Rien ne peut altérer mes feux et sa tendresse ;
Nos sentimens sont vrais, libres et généreux ,
Et par eux seulement nous pouvons être heureux.
D'absurdes préjugés nous ne tenons pas compte,
Le bonheur de s'aimer ne connaît pas la honte.

SCÈNE VI.

ÉPHIME, LES PRÉCÉDENS.

ÉPHIME *entre précipitamment.*

Prince, c'est Mikaël qui demande à vous voir.

GRÉGOIRE.

O bonheur !... Il suffit, je vais le recevoir.

ATHÉNAÏS.

Mon père, je ne sais, mais tout mon corps frissonne ;
Mon cœur est oppressé, ma force m'abandonne,
Le nom de Mikaël m'a toujours fait trembler.
Que vient-il faire ici ? Qu'a-t-il à révéler ?
Prince, si vous daignez écouter ma prière....

GRÉGOIRE.

D'où vient que vous tremblez ?

ATHÉNAÏS.

               Oui, je tremble, mon père
Oui, je tremble pour vous, et, malgré moi, mes pleurs,..

GRÉGOIRE.

Assez ! retirez-vous et cessez vos douleurs.

ATHÉNAÏS.

Mon père !...

GRÉGOIRE.

     Eh bien !

NÉARQUE.

     Cédez !

GRÉGOIRE

           Je n'ai point de colère,
Mais n'oubliez jamais que je suis votre père.

NÉARQUE, *avec force.*

Mon père, si le sort.... au moins ne craignez pas
De risquer votre fils ; il est sûr de son bras.

Athénaïs et Néarque sortent par une porte qui se trouve à droite
de la scène ; Grégoire remonte la scène et rencontre Mikaël avec
Ephime qui entrent par la principale porte du palais.

SCÈNE VII.

GRÉGOIRE, MIKAEL, ÉPHIME.

GRÉGOIRE *embrasse Mikaël*

C'est donc toi, Mikaël ! Ta présence opportune
Du dessein de Grégoire assure la fortune.
Le joug d'Osman me pèse, et, pour m'en délivrer,
Personne mieux que toi ne peut coopérer.

MIKAEL.

Je le sais.,...

GRÉGOIRE.

       Et tu dis que tu voudras prétendre
A partager ma gloire ainsi qu'à la défendre.

MIKAEL.

C'est ce que je pensais.

GRÉGOIRE.

       Tes conseils, tes secours ?

MIKAEL.

Rien ne te manquera.

GRÉGOIRE.

       Au péril de mes jours
Je saurai te servir.

MIKAEL.

       Et je me tiens habile
Quand dans mes intérêts je puis me rendre utile.
Mais pour te seconder combien se sont offerts ?

GRÉGOIRE.

Les grands cœurs.....

MIKAEL.

Y crois-tu ?

GRÉGOIRE.

Tous sont las de leurs fers.
Parmi les plus ardens je vois les plus notables,
Et d'entraîner le reste ils sont les plus capables.

MIKAEL.

Leurs noms, leurs dignités, les pourrais-je savoir ?

GRÉGOIRE.

Tu les verras, ami, car ils se feront voir
Intrépides, hardis, généreux quoique esclaves,
D'un courage éprouvé ; c'est l'élite des braves.
On peut compter sur eux.....

MIKAEL.

Et quel est ton dessein ?

GRÉGOIRE.

La justice et l'amour l'ont fait naître en mon sein.
Les temps sont arrivés où de l'intelligence
La liberté sera la digne récompense,
Où les droits de chacun justement répartis
Doivent être en ce jour par les lois garantis.

MIKAEL.

Ce que tu me dis là. cher ami, n'est qu'un rêve.

GRÉGOIRE.

C'est un sage dessein, et la sagesse élève,

MIKAEL

Qui de tes sentimens se fait propagateur,
Pour les gens au cœur froid n'est qu'un déclamateur.

Si ta foi te séduit, que la raison t'éclaire.
Ne peux-tu pas tomber sous les coups d'un faux frère ?
Et, martyr sans profit pour les tiens et pour toi,
Tu fais d'une chimère un objet de ta foi.
Mais, puisque tu m'as fait ici ta confidence,
Reçois la mienne, elle est de toute autre importance.
Pour mériter le nom de pacificateurs
Il faut faire arrêter tous les conspirateurs.
Tu le sais mieux que moi, n'étant pas à leur tête,
Ils ne peuvent compter que sur une défaite.
Que de raisons alors pour nous faire valoir !
Nous aurons du sultan raffermi le pouvoir,
Et, venant avec moi, voir le meilleur des princes,
Cette action d'éclat nous vaudra des provinces ;
Nous serons estimés comme bons serviteurs.
Sans succès, nous serions de vils conspirateurs ?
A remplir nos devoirs, et zélés et fidèles,
Sans enfreindre les lois nous tuons les rebelles ;
Cet exemple éclatant de la fidélité
Assure pour toujours notre prospérité,
Et donnant au sultan la plus belle des fêtes,
De cent conspirateurs nous lui portons les têtes.

GRÉGOIRE.

Moi, trahir mes amis ! malheureux, que dis-tu ?

MIKAEL avec hypocrisie.

Que Grégoire toujours honora la vertu.

GRÉGOIRE.

Mon ami me tenter ? Lui, soupçonner Grégoire ?
Lui, flétrir en un jour sa vie et sa mémoire ?

MIKAEL.

Mon projet était bon, j'ai dû le proposer....

GRÉGOIRE *avec impatience.*

Tu m'en as dit assez, et c'est trop s'excuser.
Mais pourquoi me tenir un odieux langage?

MIKAEL.

Assez! le repentir doit effacer l'outrage!

EPHIME.

Prends garde une autre fois à ne m'insulter pas;
Je sens que la fureur égarerait mon bras,
Alors finirait là mon sort et l'entreprise,
Et la cause en serait ton indigne méprise.

MIKAEL *avec douceur.*

Aux conseils d'un ami sache t'habituer.
(Avec mystère).

Si par l'ordre d'Osman on allait nous tuer !
(Grégoire fait un signe d'incrédulité.)

A ce que j'entrevois, tu connais peu mon maître.
Mais je veux par devoir te le faire connaître.
L'art de dresser un piége et d'y faire tomber
L'imprudent qui voudrait le faire succomber,
Il le possède à fond; sa sombre politique
Du succès qu'elle obtient par le succès s'explique,
Et pour mener à fin le projet qu'il conçoit
Tout ce qu'on veut cacher son regard le perçoit.
Il se glisse en serpent; son humeur courtisane
Flatte des vanités que son orgueil condamne,
Et l'on ne vit jamais un esprit plus subtil
Pour rompre d'un complot l'imperceptible fil.
Il est capable,.... il sait; quelles que soient lès brigues,
Sa prudence saura déjouer les intrigues,
Et si les mécontens veulent le traverser
Il est apte aux moyens de s'en débarrasser.

(Avec un ton affectueux.)

Je te dis sans détours ce que je dois te dire ;
Si mes justes raisons sur toi n'ont point d'empire ;
Rejette mon projet, et je suis avec toi ;
Mais de ton grand dessein, parle !.. Qui répond ?

GRÉGOIRE.

Moi !

Moi ! dis-je, secondé par ton expérience ;
D'un vrai conspirateur je te crois la science,

MIKAEL.

Mon projet valait mieux, nous avions plus d'espoir ;
On agit sûrement en servant le pouvoir.
Sans doute ton dessein est grand et magnanime ,
Mais si nous échouons nous commettons un crime ;
Ouvre les yeux, Grégoire, afin de mieux y voir ,
Songe combien d'honneur nous allions recevoir :
Arrivés au sérail , le grand sultan lui-même ,
Les courtisans, la cour.....

GRÉGOIRE.

Mikaël! Quel blasphême !

On ne me verra plus sur ce terrain mouvant.

MIKAEL à part, avec impatience.

J'avais pourtant promis de le livrer vivant.
Mentirai-je ?...

GRÉGOIRE.

Tu dis ?...

MIKAEL.

Rien de plus !

GRÉGOIRE.

Le temps presse,

Allons des conjurés resserrer la promesse ;
Je dois te présenter...

MIKAEL.

Oui, je suis tout à toi;
D'un ami qui m'entraîne il faut subir la loi.
        (Avec un ton de reproche.)
Pour la gloire d'un nom abdiquer la fortune !

GRÉGOIRE.

C'est une passion aujourd'hui trop commune,
Bientôt nous serons grands...

MIKAEL.
                            Nous nous sacrifions.

GRÉGOIRE.

Mikaël a peur ?

MIKAEL.
        Non.

GRÉGOIRE.
        Nous nous glorifions.

MIKAEL.

On ne peut qu'admirer cette grande entreprise...
C'est trop de dévoûment, je crains pour ta franchise.

GRÉGOIRE.

Dans ces temps de rapine et d'immoralité,
Cher ami, la franchise est une nouveauté
Si rare, que, passant peut-être pour merveilles
Le peuple, en y croyant, fécondera mes veilles ;
Et si, dans ma franchise, il voit le merveilleux,
Je captive son cœur pour dessiller ses yeux.
Rien n'est plus entraînant qu'un vertueux exemple.
Le premier qui pria donna le plan du temple ;
A la loi quelqu'un dit : il manque un complément,
Et Jésus par sa mort répondit : Dévoûment !
Si nous n'avons assez de l'essence divine,
Sachons nous inspirer de l'amour qui devine,

Et, secondant les vœux de la Divinité,
Aidons l'homme à marcher avec sa pureté.
Du chemin qu'elle fit veuillons suivre la trace;
Avec un noble cœur il n'est rien qu'on ne fasse.
. Dans un Dieu transformé je vois l'humanité
Se personnifier avec l'égalité.
Et s'il manque une pierre encore à l'édifice,
Ce qu'un Dieu commença que l'homme le finisse.

MIKAEL.

Si le Christ s'éleva par le seul sentiment,
De sa vocation il eut le châtiment.

GRÉGOIRE.

Du sacrifice, ami, compta-t-il la mesure ?
La foi qui le suivit paya sa sépulture,
Et son corps, enseignant sur l'arbre de la croix,
Depuis qu'on l'y cloua donne au monde des lois.
De nos jours, s'il le faut, faisons le sacrifice;
Le germe du progrès vient du sang du supplice.
Des hommes généreux quels que soient les efforts,
La liberté n'est plus qu'un triomphe de morts,
Et que ce soit l'esprit ou la foi qui féconde,
Il faut être martyr pour enseigner le monde :
Entraînés, subjugués par cette vérité,
Vouons-nous au présent pour la postérité.

MIKAEL.

Dis, de ta charte enfin quel sera le programme?

GRÉGOIRE.

L'égalité des droits est ce que je réclame.
Pour tous comme pour moi, c'est là la liberté;
Que l'impôt, tous les ans, par le peuple voté,
Des besoins de l'État assure la ressource,

Et que les exacteurs n'en tournent point la source ;
C'est, je crois, juste et sage.

MIKAEL, à part.

Aussi n'auras-tu rien.

GRÉGOIRE.

Eh bien ! qu'en penses-tu ?

MIKAEL.

Je dis que c'est très-bien,

GRÉGOIRE.

Et tu trouves toujours l'entreprise admirable ?

MIKAEL.

Je conviens que le but est encor plus louable.
Ghika, je voudrais....

GRÉGOIRE.

Quoi ?

MIKAEL.

L'heure du rendez-vous ?
Tu·comprends.... il convient de s'entendre entre nous ;
L'entreprise, crois-moi, plus que toi m'intéresse ;
Tu n'as rien dit encor, ta réserve me blesse.

GREGOIRE.

Les principaux viendront dans une heure, au plus tard,
Ici...

MIKAEL.

Ne livrons rien, cher Grégoire, au hasard.

GRÉGOIRE.

Chacun pourra donner un conseil salutaire,
Et nous arrêterons ce que nous devons faire.

MIKAEL.

Tu crois que je pourrais....

GRÉGOIRE.

En toute sûreté ;

Tous comptent sur ton zèle, et tu seras fêté ;
J'y serai, ne crains rien...

MIKAEL.

> Pourtant, je considère...

GRÉGOIRE.

Avec toi, cher ami, l'on peut tout, et j'espère.

MIKAEL.

Le succès n'est pas sûr...

GRÉGOIRE.

> Qui peut l'empêcher ?

MIKAEL.   .

> > > Moi !

Moi, qui suis ton ami.... Si tu savais....

GRÉGOIRE.

> > > Eh quoi ?

MIKAEL.

Viens, je te le dirai.

GRÉGOIRE.

> Tu peux ici m'instruire.

MIKAEL.

Tu me prîrais en vain, je ne dois pas le dire.

GRÉGOIRE.

Tous ceux qui sont présens sont de prudens amis,
Dans leurs convictions plus que nous affermis.

MIKAEL.

On est assez de deux pour une confidence ;
Suis-moi, si tu ne veux commettre une imprudence.

GRÉGOIRE.

Mais Éphime, pour qui je n'ai point de secret,
Doit venir avec nous.

MIKAEL.

> Je l'accepte à regret.

GRÉGOIRE.

Éphime, Mikaël, Ghika sont invincibles,
Et quand trois ne font qu'un ils sont indestructibles.

Des conspirateurs entrent en scène rapidement ; Mikaël les observe tous avec attention ; Grégoire leur dit :

Si, par un coup du sort que l'on ne peut prévoir,
La mort venait ravir ma vie à votre espoir,
Vous, qui connaissez tous le dessein qui m'enflamme,
Ne craignez point l'exemple et recueillez mon âme ;
Suivez sans peur, suivez la route du progrès ;
Dans la persévérance on trouve le succès.
Ton secret, Mikaël, je brûle de l'entendre.

MIKAEL.

Tu seras étonné, sans doute, de l'apprendre ;
Ton destin se prépare, et compte sur le prix.

A Éphime, à demi-voix :

Songe à ce que j'ai dit, tu sais....

EPHIME.

Je t'ai compris.

Quatre conspirateurs nouveaux entrent au moment où Grégoire, Mikaël et Ephime quittent la scène pour aller dans l'appartement de Grégoire.

SCÈNE VIII.

UN CONSPIRATEUR, *avec inquiétude.*

Le prince, où donc est-il ?

UN AUTRE CONSPIRATEUR.

Le prince délibère.

Éphime, Mikaël sont avec lui.

LE PREMIER.

Mystère !

Nous voulions lui parler.

LE DEUXIÈME.

Attendez un moment,

LE PREMIER CONSPIRATEUR *entend du bruit dans l'appartement du prince.*

D'un horrible malheur j'ai le pressentiment.
Il va à la porte.

Écoutons... point de bruit... écoutons mieux... silence;
Si notre prince avait commis quelqu'imprudence!
Il écoute plus attentivement.

Je ne me trompe pas, c'est le cri de la mort;
Qui donc a succombé ?
Les conspirateurs poussent la porte qui s'ouvre; Mikaël et
Éphime se trouvent face à face avec eux.

SCÈNE IX.

MIKAEL, ÉPHIME, LES CONSPIRATEURS.

ÉPHIME, *désespéré.*

Mon cher prince, quel sort!
Cruel, tu m'as trompé!
MIKAEL *avec audace.*

Rien n'a pu le convaincre.
C'est avec le poignard qu'il a fallu le vaincre.
TOUS LES CONSPIRATEURS, *avec force.*

Notre prince!....
MIKAEL.

Il n'est plus !
LES CONSPIRATEURS *se portent tous sur Mikaël et s'écrient :*
Ciel!... Vengeance!
MIKAEL *leur remet le firman de l'empereur qui condamne
Ghika, et leur dit :*
Arrêtez!
Quels que soient vos desseins, malheureux, écoutez :
En lisant le firman qu'à vos yeux je déploie,
Vous verrez qui je suis, vous saurez qui m'envoie;

Si quelqu'un parmi vous refusait de fléchir ,
Le châtiment est prêt ; tremblez de réfléchir !

Ils s'inclinent tous.

Vos sanglots étouffés , vos douleurs , vos murmures ,
Si vous ne les cessez , décèlent des parjures.
D'un orgueilleux vassal j'ai puni l'attentat ,
Et vous m'accuseriez d'un lâche assassinat ?
Savez-vous que d'Osman il mendia la grâce ?
Qu'il l'obtint ? Et d'abord , il soulève , il menace ;
Des bienfaits qu'il reçut c'est le remercîment.
Sa mort de ses forfaits n'est que le châtiment ;
De son ingratitude il a la récompense ,
Et la fin de sa vie en est la conséquence.
Vous détournez les yeux ; voudriez-vous réprouver
Le coup que j'ai porté ?... Mais je puis vous braver ;
Quand je fais mon devoir , il n'est rien qui m'effraie ;
Je sers aveuglément le maître qui me paie.
J'ai dû tuer le prince ; il était mon ami ;
Mais , quand de l'empereur il s'est fait l'ennemi ,
D'un noble sentiment j'ai brisé les entraves ,
Et , dût-on m'appeler l'esclave des esclaves ,
Les biens , les dignités peuvent justifier ,
Et j'en possède assez pour me purifier.
Vous aviez oublié que vous avez un maître ;
Mikaël est venu le faire reconnaître ,
Et , pour vous empêcher d'aller le publier ,
Dans le fond des cachots vous irez l'oublier ;
Vous êtes les amis du grand prince Grégoire ,
Vous y méditerez sa vie et son histoire.
Vous qu'on m'a désignés , vous qu'on sut entraîner ,
Par ma voix le sultan pourra vous pardonner ;

Espérez, et je vais implorer votre grâce ;
Mais des ambitieux ne suivez plus la trace ;
Et, quand on ne veut pas compromettre son sort,
On se range toujours du côté du plus fort.
Allez, retirez-vous !

A Soliman.

      Et toi, va les conduire
Où tu sais ; de leur sort tu pourras les instruire.

A Éphime avec ironie.

Je crois qu'à la douleur tu vas t'abandonner ?

ÉPHIME.

Était-il convenu qu'on dût l'assassiner ?
Tu ne devais jamais violer ta promesse ;
Quoi ! pour faire un exemple on fait une bassesse ?

MIKAEL.

En disant mon secret, je t'aurais effrayé ;
C'était assez pour toi d'en savoir la moitié.
Mais cessons ce discours, et prenons nos mesures
Pour finir d'un seul coup avec ses créatures,
Que pas une n'échappe... ici... dans ce palais,
Les conjurés viendront expier leurs forfaits.
De fidèles soldats renforçons notre escorte,
Et du lieu désigné que personne ne sorte :
Tandis qu'un fol espoir les berce et les endort,
Surtout que de leur prince ils ignorent le sort.
Le secret fut toujours la plus habile ruse.
Que l'appui de mon nom les flatte et les abuse,
Et, d'une mer d'écueils venant toucher le bord,
L'égalité des droits pour eux sera la mort.

ÉPHIME.

Néarque...

MIKAEL.

   Il faut le voir ; c'est un jeune homme à faire.

Tu le sais, j'estimais, je chérissais son père ;
J'ai des projets sur lui, je puis l'utiliser
Et faire son bonheur, s'il veut s'humaniser.
Que devant moi de suite Athénaïs paraisse ;
Je voudrais la servir, son malheur m'intéresse ;
Je dois lui faire part d'un secret important ;
Si son goût est la gloire, un triomphe l'attend.

ÉPHIME, consterné.

Je n'en puis revenir.... je vois, j'ai peine à croire ;
On ne commit jamais une action plus noire.

A part.

Qui me trompe est trompé.

MIKAEL.

    Je vois Athénaïs ;
Cours vite de Ghika faire arrêter le fils.

Ephime sort.

SCÈNE X.

MIKAEL, ATHÉNAIS, SOLIMAN entre après elle.

ATHÉNAIS désespérée.

Barbare, qu'ai-je appris ? mon bienfaiteur, mon père,
L'espoir de son pays, ami loyal, sincère,
Comment avez-vous pu le tuer ? Votre bras
A pu frapper son prince et ne reculer pas ?
Votre ami, mon soutien.... Prenez, prenez ma vie,
Je bénirai le coup qui me l'aura ravie.

MIKAEL.

Ne craignez rien ; pour vous, c'est un jour de bonheur,

ATHÉNAÏS.

Quand vous assassinez Ghika, mon bienfaiteur,
Du bonheur vous osez me donner l'assurance :
Il n'en est plus pour moi, je n'ai plus d'espérance,

Oui, votre bras cruel me l'ôte pour toujours.
Pourquoi m'en imposer ? D'où viennent vos détours ?
Vous savez mieux que moi le malheur qui m'accable.
En est-il de plus grand, de plus considérable ?
Pensez-vous qu'ici bas il existe un mortel
Qui soit gratifié des vengeances du ciel ?
De Néarque éloignée, à vos fureurs livrée,
Il ne me reste rien ; je suis désespérée !

MIKAEL.

Mon maître vous désire, et vous pouvez un jour
Par vos soumissions mériter son amour.

ATHENAÏS, *avec dédain.*

Vous croyez que je doive, en femme indifférente,
D'être au premier venu me déclarer contente ;
Vous vous trompez, seigneur, mon cœur avait choisi
Avant que de mon sort vous prissiez le souci.
Moi j'irai, gémissante et déchirant mon âme,
Aux dégoûts du sérail livrer une autre femme !
Je recevrais l'affront d'un regard protecteur !
Ah ! pour d'autres que moi réservez ce bonheur !
On en rencontre assez de mon sexe frivole,
Qui de cette faveur se font une auréole ;
Qui, devant des hochets, abjurant leur courroux,
Savent feindre l'amour par amour des bijoux ;
Je les plains ; leur beauté n'est qu'un malheur pour elles,
Mais si c'est là leurs goûts, qu'elles y soient fidèles.
Moi, d'un bonheur plus pur, j'ai rêvé la douceur ;
Je dirai ce qu'il faut aux besoins de mon cœur.
D'un époux adoré je veux être chérie,
En tout temps sa compagne et sa fidèle amie,
Par mes tendres égards embellir tous ses jours,

Le convaincre en effet qu'il est de vrais amours,
Et bien plus par plaisir que par reconnaissance
De sa protection honorer la puissance ;
Je remplis ce devoir sans l'appui du serment ;
Dieu n'entretient mon cœur que d'un seul sentiment,
Il ne me permet pas d'en éprouver un autre,
Vous jugerez qu'il est trop éloigné du vôtre
Pour pouvoir accorder mes vœux et vos désirs,
Et que je ne suis pas faite pour vos plaisirs.
Vous m'avez le premier fait votre confidence,
Et colorer la mienne était une imprudence.

MIKAEL.

Nous connaissons l'objet de vos folles amours.
Madame, obéissez, si vous aimez ses jours ;
Que mon expérience entre vous s'interpose ;
Néarque est malheureux, abandonnez sa cause.

ATHENAÏS.

Sa cause est juste et grande, et je ne prends conseil
Que de lui : pouvez-vous m'en donner un pareil ?
Allez à votre maître annoncer ma réponse ;
A ma possession dites-lui qu'il renonce,
Qu'Athénaïs est fière...

MIKAEL.

On peut vous en punir.

ATHENAÏS.

Qui connaît le danger pourra le prévenir ;
Cessez de me troubler, j'ai donné ma parole.

MIKAEL.

Détruit-on son bonheur pour un motif frivole ?
Soumettez-vous au sort que votre Dieu vous fait.

ATHÉNAÏS.

Votre habile conseil restera sans effet,
Car j'ai suffisamment reçu d'intelligence
Pour savoir ce qu'à Dieu je dois d'obéissance.
Mais vous, qui sous son nom osez me réclamer,
Savez-vous la raison qui nous en fait aimer ?
Le sentiment divin entra-t-il dans votre âme ?
Non, il faut être pur pour une pure flamme...
Permettez qu'à mes pleurs, laissant un libre cours. ...

(Elle sort)

MIKAEL.

Assez, n'oubliez pas le sens de mon discours.

SCÈNE XI.

MIKAEL, SOLIMAN.

MIKAEL.

Dans son appartement qu'on la garde enfermée,
C'est un feu qui n'aura qu'une faible fumée.

SOLIMAN.

Seigneur, le châtiment approche du pardon.

MIKAEL.

Tu serais un flatteur si tu me trouvais bon.
Athénaïs est jeune, elle est belle, elle est sage,
Et je puis à mon maître en faire un digne hommage.
J'ai longtemps convoité le rang de grand visir,
Premier vœu de mon cœur, seul but de mon désir.
Ses charmes concourront bien plus à ma victoire
Que le coup de poignard qui m'immola Grégoire ;
Mais aux événemens, Soliman, soyons prêts ;
Ne nous exposons pas à d'éternels regrets ;
Ces jeunes gens, je dois les gagner l'un par l'autre,
Ils ont leur intérêt et nous avons le nôtre.

Dans ce monde pervers il faut penser à soi ;
Si je sers bien Osman , c'est seulement pour moi.
J'encense son orgueil , ses grandeurs , ses richesses ;
Je tarife mon zèle au taux de ses largesses.
Le fruit de l'action ou bien le châtiment ,
C'est la vie , et de nous dépend l'événement ;
En ce jour, comme moi, la fortune t'appelle.
Sois fidèle à ton maître , et je te réponds d'elle.

FIN DU DEUXIÈME ACTE.

ACTE TROISIÈME.

SCÈNE PREMIÈRE.

ATHÉNAIS *seule ; elle est assise près d'une table éclairée*
par une lampe.

La somme de bonheur que donne le sommeil,
Le désenchantement la dissipe au réveil :
J'ai rêvé !... Je priais le Dieu de la nature
De me faire un cœur bon avec une ame pure ;
De me gratifier de cette charité
Qui me rendrait semblable à sa divinité.
Le vague délirant qui dilate et féconde,
Le cœur préoccupé des délices du monde
Me berçait d'idéal, d'amour, de sentiment ;
J'étais heureuse, hélas ! peut-on l'être autrement !
Et cependant quel sort ! depuis que je suis née
Je me vois sans relâche à gémir condamnée :
Ma mère, tendre objet du plus parfait amour,
Hélas ! perdit la vie en me donnant le jour !
Mon père, combattant à côté de Grégoire,
Périt avec honneur aux champs de la victoire.
Sur la terre isolée, enfant et sans appui,
Ignorant des malheurs que je sens aujourd'hui,
Le prince m'accueillit, et, me servant de père,
Par ses soins généreux me cacha ma misère

Cher prince, tu n'es plus ! Un infâme assassin
A plongé sans pitié le poignard dans ton sein
Pour servir d'un tyran l'épouvantable rage.
Des pleurs, en y pensant, inondent mon visage.
La tendre charité, le pardon généreux
Remplissaient les loisirs qui le rendaient heureux :
Ses égards, ses bontés, sa douce prévenance
Avaient rendu si beaux les jours de mon enfance,
Que ma douleur s'irrite en pensant aux bienfaits
Que je ne puis payer qu'en stériles souhaits !
Son fils, mon tendre ami, le charme de ma vie,
Seul astre bienfaisant pour mon âme flétrie,
Menacé, poursuivi par le même poignard
Qu'on aiguise en secret pour l'en frapper plus tard,
Amant infortuné, périra par le crime,
Si pour le garantir je ne m'offre en victime !
O Dieu ! toi qui m'as fait un destin si fatal,
Tu me l'as fait ainsi pour qu'il n'eût pas d'égal ;
Et je tourne vers toi, dans ma douleur amère,
Mes regards supplians.... Impuissante prière !
Je sens anéantir dans mon cœur abattu
Le peu qui m'est resté de toute ma vertu...
Mais que veut Soliman ?

SCÈNE II.

ATHÉNAIS, SOLIMAN.

SOLIMAN.

Madame, il faut se rendre,
Et c'est trop résister.

ATHÉNAÏS.

Pouvez-vous me défendre ?...

SOLIMAN.

Comment! par quels moyens? Ah! craignez d'offenser
Un tigre furieux, prompt à se courroucer.

ATHÉNAÏS.

N'importe! tigre ou non, je vois un ~~privilége~~ *sacrilége*
Dans celui qui sur moi s'arroge un ~~sacrilége~~ *privilége*.
En contraignant mon cœur on attente à mes jours,
Mais j'ai le sentiment pour me prêter secours.
Servez-moi seulement, cédez à ma demande;
J'ai mes bijoux encor, je vous en fais l'offrande.

SOLIMAN.

Ah! Madame, pourquoi chercher à me tenter?

ATHÉNAÏS.

Pitié! Soyez humain et veuillez accepter;
De colère et d'amour c'est un triste mélange :
Prenez, et donnez-moi deux poignards en échange.

SOLIMAN.

Pourquoi?

ATHÉNAÏS,

C'est mon secret : vous le respecterez.

SOLIMAN.

Quel est votre dessein?

ATHÉNAÏS.

Demain vous le saurez.

ATHÉNAÏS *détache ses bijoux.*

Le don de mes bijoux me laisse sans alarmes,
Ils ne me coûteront ni vains regrets ni larmes;
Du prince assassiné je sais quel est le fils,.
Et mon amant en moi n'aime qu'Athénaïs.

(Elle montre la bague qu'elle se réserve)

Je garde cette bague, elle fut à ma mère;
C'est un soulagement pour ma douleur amère,

Qu'elle reste avec moi pour m'en entretenir,
Et pour éterniser un tendre souvenir.
    (A Soliman.)
Ne me refusez pas le bienfait que j'implore,
Car ce que vous ferez n'a rien qui déshonore

SOLIMAN.

Songez que si mon maître.....

ATHÉNAÏS.

              Allez, ne craignez rien !
Prenez...
             (Soliman reçoit les bijoux)
     Quand les poignards...

SOLIMAN.

          Voici d'abord le mien.

ATHÉNAIS.

Et l'autre ?

SOLIMAN.

Vous l'aurez, comptez sur ma parole.

SCÈNE III.

MIKAEL, ATHÉNAIS, SOLIMAN.

MIKAEL.

Quand terminerez-vous votre entretien frivole ?

SOLIMAN.

Ah ! parlez-lui, seigneur, mon éloquence à bout
N'a pu la décider, elle a raison sur tout ;
Sans doute, vos discours auront bien plus d'amorce ;
Mais elle m'a vaincu, je reconnais sa force.

MIKAEL.

Mes ordres sont donnés. Les rebelles vaincus,
Se sont tous dispersés, il ne s'en montre plus :
Voudriez-vous résister ? vous êtes seule à vaincre,
Ecoutez mes conseils et laissez-vous convaincre ;

Personne plus que vous n'eut un bel avenir.
Je vous attends.

ATHÉNAIS.

Pourquoi?

MIKAEL.

Madame, il faut venir,

ATHÉNAIS.

Quand je suis tout mon bien, on veut que je me cède,
Pour me circonvenir vainement on m'obsède.
Eh ! que resterait-il à mon amant, à moi,
Si j'allais lâchement renoncer à ma foi ?
Et puis, que feriez-vous d'une femme éplorée
Succombant à ses maux, pâle, défigurée ?
D'une femme qui n'a de charmes que l'ennui
Et pour qui, je le sens, le dernier jour à lui ?
La cruauté toujours sera-t-elle votre arme ?
Votre cœur n'eût-il pas seulement une larme !

MIKAEL.

Votre refus n'est plus qu'un fol entêtement,

ATHÉNAIS.

J'aurais cru que c'était un un noble sentiment.

MIKAEL.

Néarque cependant....

ATHÉNAIS.

Seigneur, Néarque m'aime ;
Ce qu'il veut est pour moi la volonté suprême.
A tout ce qu'il voudra, je me conformerai,
Et sans murmure enfin, je me résignerai :
Mais, sans doute, il serait contraint en ma présence
Et je dois le laisser libre par mon absence :

Après votre entretien , veuillez nous confronter ,
Vous vous épargnerez le soin de contester.

Elle sort.

MIKAEL , à Soliman.

Cours appeler Néarque , et que cette journée
Par lui de Mikaël comble la destinée.

SCÈNE IV.

MIKAEL , seul.

Quoi donc , elle me fuit ?... veillé-je , juste ciel !
Veut-elle me forcer à devenir cruel ?
Ou me croit-elle faible ? ou parce qu'elle est belle
Croit-elle pouvoir être impunément rebelle ?
Et prenant hardiment conseil de sa fierté
M'imposer les égards qu'exige la beauté ?
C'est un rêve d'enfant : sa jeune expérience
Ici met en défaut l'esprit et la prudence :
Tel je n'ai pas été : né de pauvres parens ,
A moi-même livré , sans appui , ni garans .
Inquiet et soucieux de l'avenir qui cache
Le secret du destin que nul mortel n'arrache ,
La frayeur du mépris et de la pauvreté
Avancèrent le temps de ma maturité :
L'ambition d'un nom , la soif de la richesse
Et l'amour du pouvoir tourmentaient ma jeunesse.
De tant de vœux formés pour m'assurer l'effet ,
Eh ! que n'osai-je pas ? et que n'ai-je pas fait ?
J'ai d'un maître absolu , pour servir les faiblesses ,
D'un courtisan docile épuisé les bassesses.
Renégat , assassin , à ses ordres soumis ,
J'ai renié mon père et trahi mon pays ;
De mes meilleurs amis j'ai tramé les disgrâces ,

Pour trafiquer après des produits de leur places ,
Et près du prince ayant le bonheur du crédit ,
Je sers mes protégés quand j'y vois mon profit.
Cette cupidité que l'honneur qualifie ,
L'accueil que je reçois partout la justifie ;
Aussi , jugeant l'état que m'avait fait le sort ,
J'ai su fermer mon cœur à la honte , au remords ;
Méprisant des censeurs la clameur importune
Chaque pas que je fais me mène à la fortune ,
Heureux jusqu'à ce jour , j'ai recueilli le fruit
Et du temps qui réparé , et du temps qui détruit.
Mais quand je mets le pied sur la dernière marche
L'amour de deux enfans m'arrête dans ma marche
C'est ma faute..... , à leurs maux feignant de compâtir
Ma première bonté me coûte un repentir :
D'un essai malheureux réparons l'imprudence ,
Faisons parler la peur , cette grande puissance ;
Flattons-les , s'il le faut ; mais si le sentiment
En maîtrisant leur cœur faussait leur jugement ,
A se soumettre enfin je saurais les contraindre ,
Le malheur orgueilleux ne fut jamais à plaindre.
Puisons aux profondeurs de mon esprit rusé ,
Encore un coup de maître et l'obstacle est brisé.

SCÈNE V.

MIKAEL , NÉARQUE , SOLIMAN , Gardes.

NEARQUE.

Que veux-tu, Mikaël ! et d'où vient que ta rage
Au malheur qui m'accable ajoute encor l'outrage !
Quoi ! de tes cruautés exerçant la rigueur ,
Tu te fais un plaisir de déchirer mon cœur ?

Quand la mort de mon père appelle la vengeance,
En face du bourreau je suis donc sans défense !
MIKAEL.
Néarque, avec sang-froid , écoute-moi parler ;
Au fils de mon ami je veux tout révéler.
Quoique bien jeune encor , je te crois la prudence
Que donne à l'âge mûr la froide expérience ,
Je te crois sage assez pour savoir triompher
D'un tendre sentiment qu'il te faut étouffer.
Mon maître , méfiant et profond politique ,
Veut qu'à le servir seul avec zèle on s'applique ;
Je ne te dirais pas s'il a tort ou raison :
Un serviteur fidèle est sans opinion.
Ton père qu'égara son âme ardente et fière ,
Voulait que dans chaque homme on reconnût un frère.
Et ne fondant le droit que sur l'égalité
Dans le peuple existât la souveraineté,
Et de sa tyrannie adoptant l'insolence
Nous faire tous fléchir sous sa toute puissance,
C'était une méprise !... On pensait que le temps
Remplirait son esprit de soins plus importans ;
Il n'en fut pas ainsi : sa vive persistance
Du sultan irrité provoqua la vengeance ;
Près de lui , furieux . il me fit appeler ;
Voici ce qu'il me dit sans me laisser parler :
« Conçois-tu de Ghika jusqu'où va la folie ?
» Quand le nœud du serment à son devoir le lie,
» Il excite le peuple à la rébellion,
» Et promet pour le prix de l'insurrection
» De sa principauté l'entière indépendance.
» Il faut anéantir sa coupable espérance ,

5

» Contre son attentat il faut se prémunir ,
» Et c'est toi qui seras chargé de le punir.
» Malgré ton amitié pour lui, ma confiance
» A ton bras exercé donne la préférence.
» Mais si le souvenir de ton affection
» Te faisait trop pencher vers la compassion ,
» Au cri du sentiment sache imposer silence,
» La pitié doit se taire où le devoir commence :
» J'attends pour ton honneur sa tête de ta main ,
» Et, pour l'aller chercher , tu partiras demain,
Soliman, l'un de ceux qui composent ma suite,
Commis pour surveiller mes pas et ma conduite ;
Soliman , homme sûr et fait pour l'attentat,
Aurait reçu le prix d'un double assassinat,
Dans le cas où d'Osman méprisant la colère
J'eusse écouté mon cœur pour épargner ton père ;
Et tenant à mes jours, comme à mon plus grand bien,
J'ai répandu son sang pour conserver le mien ;
Crois qu'il m'en a coûté ; mais, puisqu'il faut tout dire,
En tuant mon ami j'ai cru sauver l'empire ,
Et racheter par là l'horreur de mon forfait ,
Qu'on me doit pardonner pour le bien que j'ai fait.
Fais taire tes douleurs , ne pleure plus ton père ,
Au repos de l'état sa mort fut nécessaire ;
C'est un événement dont tu peux profiter ;
Sache t'en réjouir et m'en féliciter.
Mais un plus grand malheur veut éprouver ton âme,
Car il faut renoncer à l'objet de ta flamme ,
La renommée en fait une divinité,
J'ai vu qu'elle s'accorde avec la vérité :
Osman se laissant prendre au récit de ses charmes ,

Sans chercher à combattre a déposé les armes ,
Son orgueil d'empereur n'irait pas s'abaisser
A contraindre un désir pour s'en débarrasser;
J'ai fait part de ses vœux à ta belle maîtresse ;
Mais, soit honte de femme, ou peut-être tendresse ,
Elle veut pour agir s'en rapporter à toi ;
Tu n'as qu'à prononcer , ta volonté fait loi.

Néarque fait un mouvement.

Si ce que je te dis te paraît un outrage
Pour le dissimuler invoque ton courage ,
Et si ton cœur allait follement protester,
Il faut s'en faire un autre au lieu de l'écouter.
Connaissant ta fierté , je comprends ta souffrance ;
Mais de ton avenir calcule l'importance :
Aujourd'hui la vertu n'est qu'une vanité ;
Tous les hommes de cœur, de foi , de probité
Sont réduits au respect qui seul peut les défendre.
Toute voie est fermée à qui ne veut se vendre !
L'heureuse occasion qui produit l'à-propos
Quand on sait la saisir nous transforme en héros,
Et nous faisant briller de l'éclat qu'elle donne,
Sur notre tête enfin peut placer la couronne ;
Deviens homme, Néarque , et cesse d'être amant,
C'est un faible secours qu'un noble sentiment !
Toutes ces vérités que je t'expose nues
J'avais perdu du temps quand je les ai connues ;
Pour profiter celui qui mène au repentir
Rends grâce à Mikaël qui veut bien t'avertir.
Enfin, ouvre les yeux et reçois la lumière ,
Pour monter aux grandeurs je t'ouvre la carrière ;
A ton ambition, j'offre l'hospodorat ,

Et pour t'y maintenir, j'aurai le visirat
Tu le vois, sans péril faisant cause commune,
Nous sommes tous les deux comblés par la fortune;
Je te laisse de plus, pour sceller nos accords,
De Grégoire Gikha les biens et les trésors;
Quand même Athénaïs serait une déesse,
Sa beauté doit pâlir devant tant de richesse,
Et, couvrant de mépris tes sermens et l'amour,
Honore-toi d'un rang qui te donne une cour.

NÉARQUE, *avec une ironie noble et mesurée.*

Mikaël, j'ai compris, toute ta politique
Par sa sincérité veut la même réplique.
Quand Osman t'ordonna le plus grand des forfaits,
C'est qu'il te savait apte à remplir ses souhaits;
Mais avant que d'agir, homme sage et cupide,
Tu t'assuras le prix de ton fer homicide,
Et bientôt avec joie acceptant le cadeau
L'ignoble courtisan se fit lâche bourreau!
Pour donner plus d'éclat à tes viles bassesses
Tu te fais pourvoyeur encor de ses maîtresses;
Tu peux t'en prévaloir; un si beau dévoûment,
(De la servilité dernier abaissement),
Est digne d'un héros qui pour plaire à son maître
A consacré ses jours à dégrader son être.
Croyant trouver quelqu'un plus infâme que toi
Pour servir tes projets tu t'adresses à moi.....
J'étais loin de compter sur cette préférence;
C'est ta perversité qui me vaut cette offense;
Si le sort, me traitant avec moins de rigueur,
Eût laissé dans mes mains une arme, un fer vengeur...

MIKAEL.

Eh ! bien, qu'aurais-tu fait ? parle franchement ; laisse
Les vains déguisemens, enfans de la faiblesse.

NÉARQUE.

Pour te payer le prix qui t'est justement dû
Ce n'est qu'en t'immolant que j'aurais répondu,
Et, foulant sous mes pieds un vil esclave, un traître,
Un cadavre eût servi de réponse à ton maître.

MIKAEL.

Malheureux !...

NÉARQUE.

      Hypocrite, indigne suborneur !
J'oublîrais jusque-là les lois de la pudeur !
Que pour tirer tribut de la mort de mon père,
J'aille d'un courtisan remplir le ministère !
Ah ! que celui-là meure accablé de mépris
Qui jouit des honneurs ou des biens mal acquis !
Que pour prix mérité de sa bassesse insigne
Le regard le mesure et le doigt le désigne ;
Et que partout battu des verges de l'affront,
Un accueil glacial fasse suer son front !
Vous m'avez interdit... A vous entendre dire,
Suivre, aimer ses devoirs, témoigne du délire !
Mikaël ! de mon sort quel que soit le revers,
Jamais tu ne feras de Néarque un pervers.
Ni rang, ni dignité ne peuvent me séduire ;
Athénaïs est plus à mes yeux qu'un empire.
Fidèle à mes sermens et respectant ma foi,
J'obéis à l'honneur, c'est là toute ma loi.....
Mon appui, mon recours, et c'est sans sacrifice :
Pour le conserver pur, il n'est pas de supplice
Inventé par la haine ou par la cruauté,

Qu'on ne me vît souffrir avec sérénité.

Non, non, je n'irais point, trafiquant d'une fille

Qui n'a que mon amour pour soutien, pour famille,

Ouvrir ma main à l'or de l'immoralité

Et me déshonorer par un lâche traité.

MIKAEL.

Quand l'honneur fait vibrer trop fortement la fibre

Cher Néarque, crois-moi, l'on cesse d'être libre;

Et ses chaînes étant l'orgueil du sentiment

Ne font de tous nos jours qu'un éternel tourment.

NÉARQUE.

Si l'honneur a des fers, j'aime mon esclavage;

Il est fait pour mon cœur, il parle un beau langage,

Il m'émeut, il me flatte, il me rend généreux,

Magnanime, prudent, ami sincère, heureux.....

A ses chaînes toujours rafraîchissant mon âme

Le sentiment du bien me nourrit et m'enflamme.

On dit que la vertu n'est qu'une vanité

Pour refuser l'hommage à sa divinité.

Chacun a ses penchans, ses goûts, ses préférences

Elle fera toujours toutes nos jouissances,

Et je plains l'insensé dont le stupide cœur

N'a pas ce sentiment qui comprend sa grandeur.

MIKAEL, *avec dédain*.

Qui pense comme toi n'est qu'un homme ordinaire!

Tous ces grands sentimens sont soucis du vulgaire,

Et c'est approcher trop de la stupidité

Que vouloir l'égaler dans sa simplicité.

NÉARQUE.

Mikaël, je consens à passer pour stupide,

Car je n'aurais jamais que la vertu pour guide,

Et ne concevant pas de plus nobles plaisirs ,
A garder ses sentiers je borne mes désirs.

MIKAEL.

Livre-moi ton oreille et tâche de comprendre
Ce que personne ici que toi ne doit entendre ,
Examine , analyse , et vois dans chaque mot
Tout ce que j'y trouvai pour cesser d'être un sot.
C'est une confidence horrible, épouvantable ,
Pour me diviniser je la reçus du diable.
La voici : Puisque l'or est le souverain bien ,
C'est une grande foi que de ne croire à rien ,
Me dit-il ; je frémis , car dans cette maxime ,
De nous entr'égorger est la source du crime.
Le monde rassura mon esprit effrayé
Et de tous les chemins je pris le plus frayé ;
Ne va pas t'étonner ... La marche la plus sûre
Est d'étouffer toujours la voix de sa nature,
Par un sage calcul se faire un cœur d'airain ,
Ne voir , n'aimer que soi de tout le genre humain ,
Ne s'intimider pas, oser tout , ne rien craindre ,
Saisir la proie au vol , feindre , sans cesse feindre ,
Acquérir assez d'art pour qu'un œil scrutateur
Sur nos traits composés ne pénètre le cœur;
Employant tour-à-tour l'audace et la souplesse,
Se faire protéger à force de bassesse,
Et si le sentiment combat et veut surgir
On défend à son front la honte de rougir;
Pour compléter de l'art la ruse et la science ,
Aduler , caresser avec intelligence ;
A la mort du puissant se couvrir d'un grand deuil ,
Savoir trouver des pleurs en suivant son cercueil ,

Exalter ses vertus pour flatter sa famille,
Pleurer avec le fils, gémir avec la fille ;
Mais du pauvre souffrant mépriser la douleur,
Tout en le consolant rançonner le malheur ;
Avec voracité se jeter sur sa proie
Et de ses déplaisirs se créer une joie :
Voilà par quels moyens amassant des monts d'or,
L'être vil et pervers trône sur son trésor ;
Il devient propre à tout ; pour lui point de disgrâce,
S'il le veut, il obtient charge, dignité, place,
Et partout honoré, caressé, respecté,
Se pavane.... orgueilleux de sa perversité !
Mais tout l'honneur qu'obtient la vertu malheureuse
Sais-tu bien ce que c'est ?... La pitié dédaigneuse,
Un salut bienséant, un accueil froid, glacé,
Un mot de bienveillance, un sourire forcé.
Quand, par miséricorde, on lui donne audience,
Bientôt un mouvement, frisson d'impatience,
Cruellement lui dit qu'il la faut abréger,
Et des mots hors de sens jurent pour l'outrager.
Interdite..., elle voit que, vierge toujours pure,
L'homme n'a point d'amour pour sa chaste figure ;
Que, pour en imposer par son seul ornement,
Son fard tout beau qu'il est a peu d'enchantement,
Et que, pour soutenir la tête haute et fière,
De la fortune il faut l'heureux auxiliaire...
Et le charme est rompu, l'homme reste isolé,
Il n'a que lui, lui seul, abattu, désolé ;
Sa douleur s'adressant à la bonté divine
Il l'implore, elle est sourde, et confus, il rumine,
Et malgré sa constance aux sentimens d'honneur

Du dédain qui le suit, il s'étonne...., il a peur.
C'est le sort qui t'attend, si ma voix souveraine
De tes vains préjugés ne brise pas la chaîne ;
J'ai dit ce que j'ai vu, j'ai rempli mon devoir :
En t'enseignant ici ce que tu dois savoir,
Je mûris ton jeune âge, et si ma confidence
Ne me méritait pas toute ta confiance,
Tu serais un ingrat, inhabile à sentir,
Le prix du dévoûment qui veut te convertir.
Pour la dernière fois ma parole sincère
Te donne les conseils que donnerait un père ;
Tu n'as plus qu'un instant, hâte-toi, réfléchis,
Et de l'hospodorat ou de l'exil, choisis.

NÉARQUE, *froidement.*

Je vois le doigt de Dieu dans tout ce qui m'arrive
Et j'attends mon arrêt.

MIKAEL.

Parole laudative !
De la nécessité sache subir la loi ;
N'espère rien de Dieu,

NÉARQUE.
Mikaël, j'ai la foi !

MIKAEL.

Oh ! que tu vas souffrir ! songe que sur la terre
Le plus cruel des maux, ce n'est pas la misère,
C'est l'exil, le sais-tu ? La grandeur dans l'exil
Qui la voit et l'honore est flétri comme vil ;
On est même suspect quand on ose la plaindre
Et les plus dévoués sont obligés de feindre.
Tu seras délaissé !

NÉARQUE.

Mensonge!

MIKAEL.

Vérité!

NÉARQUE.

Dans l'espoir d'être heureux par une lâcheté,
Quand je m'abaisserais..... quel fonds pourrais-je faire,
Sur un vil renégat, l'assassin de mon père ?

MIKAEL.

Et Néarque, qu'est-il? Fils d'un conspirateur !

NÉARQUE.

Fils d'un grand citoyen, et d'un homme de cœur;
Lorsque l'on veut des lois détruire l'artifice,
On ne conspire pas, on demande justice.
Mais je ne prétends pas ici t'entretenir
Des institutions et de leur avenir.
Mon père est mort par toi, victime de son zèle;
De plus heureux que lui renoûront la querelle;
Car lorsqu'on a pour soi le droit et la raison,
On ne pactise pas avec la trahison;
Tout pour tous, Mikaël !

MIKAEL.

Amour-propre et faiblesse;
Vaines prétentions, erreur de ta jeunesse;
Tous ceux que le sort place au souverain pouvoir,
Pour s'y maintenir mieux nous nourrissent d'espoir.
A leurs seuls intérêts ils sont toujours fidèles,
Et si nous réclamons nous sommes des rebelles;
Ici, le peuple est fait pour être victimé,

Et l'on se croirait faible en étant estimé.
Qui promet, veut garder.

NÉARQUE.

Restriction mentale !

MIKAEL.

Sage précaution !

NÉARQUE.

Politique infernale !

MIKAEL.

A ton faux jugement tu ne peux échapper ;
Il faut pour réussir savoir feindre et tromper.

NÉARQUE.

Si je sacrifiais l'objet de ma tendresse
Donc tu me tromperais ?

MIKAEL.

Je tiendrais ma promesse !

Sais-tu qu'Athénaïs peut combler mon désir !
Qu'elle cède, et je suis par elle grand visir.
A part avec passion.
Etre après l'empereur le premier de l'empire !
A Néarque.
Je te fais hospodar...

NÉARQUE.

Oui, mais pour te dédire ;

Et quand au visirat tu serais parvenu,
Je me verrais par toi dédaigné, méconnu ;
Je consulte à la fois l'honneur et la prudence,
Et leur voix me répond : garde ton innocence ;
Et je la garderai sans dévier d'un pas !

MIKAEL *à part*.

Pouvoir de la vertu, ne te vaincrai-je pas ?

NÉARQUE.

Nous disputons en vain ; en différant de vues
Nos paroles ne sont que paroles perdues.
Laisse-moi te quitter , avec toi je suis mal ;
Un plus long entretien me deviendrait fatal.

MIKAEL.

Usant de tous les droits que mon pouvoir me donne ;
Je pourrais te punir ; eh! bien , je te pardonne !

NÉARQUE.

Pour les ambitieux, exploitant le cumul,
Mikaël, le pardon est souvent un calcul ;
Mais si ma méfiance a besoin qu'on l'excuse ,
Une seconde fois , je compte sur ta ruse.

MIKAEL.

Va, tu ne seras pas malheureux à demi ,
Tu vivras ignoré , méprisé , sans ami ,
C'est ma prédiction !..

NÉARQUE.

                    Eh ! bien, de cette vie
A l'honneur que je sers pour jamais asservie ,
Atteignant sans rougir le but où mon cœur tend ,
L'augure aura menti, je sortirai content.

Athénaïs entre.

SCÈNE VI.

MIKAEL , NÉARQUE, ATHÉNAIS.

MIKAEL.

Athénaïs paraît et je vous laisse ensemble ;
Mais si , pour un moment, ma bonté vous rassemble ,
C'est pour vous protéger que je me fais effort ;
Votre décision va régler votre sort.

NÉARQUE.

Merci pour tes bontés ! et quant à ta menace...

ATHÉNAIS, *l'interrompant.*

Pour Néarque, seigneur, je vous demande grâce,

MIKAEL.

Elle dépend de vous, .vous pouvez l'obtenir,
En le persuadant, faites votre avenir.

> Mikaël sort ; Soliman s'approche d'Athénaïs et lui remet
> l'autre poignard, mais de manière à suivre son supé-
> rieur pour ne pas être soupçonné.

SOLIMAN *à Athénaïs.*

Voici l'autre poignard ; soyez prudente et sage ;
Pour vous, si je pouvais, je ferais davantage.

Soliman sort.

SCÈNE VII.

NÉARQUE, ATHÉNAIS.

ATHÉNAÏS *avec joie va vers Néarque et lui remet un poignard.*

Nous avons un espoir.

NÉARQUE.

Qu'est-ce donc ?

ATHÉNAÏS.

Un poignard !

NÉARQUE.

Pour qui !

ATHÉNAÏS.

Pour Mikaël :

NÉARQUE.

Je le reçois trop tard !

ATHÉNAÏS.

Sont-ce là des raisons pour chercher une excuse ?
Ou d'un cœur indécis seraient-elles la ruse ?

Trop tard, dis-tu ? trop tard ! qui le veut fortement,
Toujours de se venger trouvera le moment ;
Et je le trouverais si ta main trop timide,
Hésitait à percer le sein de ce perfide.

NÉARQUE.

Non, non, à le frapper je serai toujours prêt ;
Eh ! quoi ! j'hésite donc quand j'exprime un regret ;
C'est trop m'humilier !

ATHÉNAIS.

Pardonne, je t'outrage.
Quand je veux t'en donner, je manque de courage ;
O mon ami ! pardonne, en l'état où je suis !
Accuse Mikaël, l'auteur de nos ennuis.

NÉARQUE, *avec indignation.*

Mikaël ! des mortels le plus abominable !

ATHÉNAïS.

Et de quel crime encor s'est-il rendu coupable ?

NÉARQUE, *agité.*

Sais-tu ce qu'il m'a dit ?... Non... je ne le dis pas.

ATHÉNAïS.

Crains-tu de m'affliger ?... Non... tu me le diras ;
Et si je devinais !...

NÉARQUE.

Pour tous deux quelle injure !

ATHÉNAïS.

T'aurait-il demandé la honte du parjure ?
Le lâche !... il est hideux.

NÉARQUE.

Il voudrait...

ATHÉNAIS.

Eh ! bien, quoi !

NÉARQUE.

Le cruel !

ATHÉNAÏS.

Par pitié !

NÉARQUE.

Que je renonce à toi.

ATHÉNAÏS.

C'est bien lui !... me jugeant avide de richesses ,
Il a pour me tenter prodigué les promesses.

NÉARQUE.

Le monstre !

ATHÉNAÏS.

Je me suis confiée à ta foi,
Car je sais que Néarque a même cœur que moi.
Son succès dépendant d'une double bassesse ,
Si l'amant fléchissait, aurait-il la maîtresse?
Non !... il a beau courir de l'un à l'autre bord ,
Nos soins et notre amour lui fermeront le port.

NÉARQUE,

Il n'a pas là borné son projet exécrable !

ATHÉNAÏS.

Et que veut-il encor ?

NÉARQUE.

De tout il est capable.

ATHÉNAÏS.

Sentirons-nous du sort toute la cruauté ?
Mais ne me cache rien , j'aime la vérité.

NÉARQUE.

Ne m'a-t-il pas offert , pour m'entraîner au crime ,
De mon père égorgé , malheureuse victime ;
Les biens et les trésors avec l'hospodorat ,
Si mon Athénaïs....

ATHÉNAÏS.

Le profond scélérat !

NÉARQUE.

Si mon Athénaïs consentait à le suivre.

ATHÉNAÏS.

Il faudrait que sans toi ton amante pût vivre ;
Pour assouvir la soif de sa cupidité,
L'insensé veut pouvoir l'impossibilité.

NÉARQUE.

N'ayant en ce moment pour arme que ma rage ,
Dans ses frémissemens, j'ai dévoré l'outrage.

ATHÉNAÏS, *avec noblesse.*

Oui !... mais Néarque a su noblement protester.

NÉARQUE.

Je serais criminel, si tu pouvais douter...
O Dieu ! que les méchans ici-bas sont à craindre.
Quelle source de maux !

ATHÉNAÏS.

    Que nous sommes à plaindre !

NÉARQUE , *avec accablement.*

Dans notre isolement , à qui notre recours !

ATHÉNAÏS.

Quand on a des poignards, on n'est pas sans secours !

NÉARQUE.

Devenir assassin ! toi si bonne, si pure !
Le pourrais-tu ?... le sang te souiller !

ATHÉNAÏS.

      O torture !

Supplice plus affreux mille fois que la mort !
Mon Dieu ! toi qui fais tout , as-tu fait notre sort ?
En épuisant ma force à souffrir le martyre ,

Je crains de succomber... Si j'allais te maudire !
NÉARQUE.
Ma chère Athénaïs !...
ATHÉNAÏS.
Néarque, laisse-moi !
Le désespoir m'égare et je crains mon effroi ;
Car il s'est dans mon cœur amassé tant de haine
Qu'il est plein ; ma fureur que je contiens à peine
N'attend que le moment de pouvoir éclater,
Et j'appelle le coup que nous devons porter...
Ne m'abandonne pas !
NÉARQUE.
Athénaïs, je jure....
ATHÉNAÏS.
Ne te rends pas au moins coupable d'imposture,
Tu sais que le serment n'est pas un sûr lien.
NÉARQUE.
Sois sûre de mon cœur ;
ATHÉNAÏS.
Je te réponds du mien.
Oui, je serai pour toi toujours tendre et soumise.

NÉARQUE.
Je t'aime, Athénaïs, et crois à ta franchise.

ATHÉNAÏS, *avec tendresse.*

Et je connais si bien ta noble loyauté,
Qu'en retour je te dois toute la vérité.
Quelle que soit l'ardeur que Néarque m'inspire,
Je n'éprouve jamais de honte à le lui dire ;
Et pourtant, quand je parle, il me reste un regret :
De tout ce que je sens l'aveu n'est pas complet.
Quoique de préjugés je sois débarrassée,
En te la transmettant j'affaiblis ma pensée,
A tel point qu'il se peut que tu n'as compris

De tout ce que j'éprouve et le charme et le prix ;
Et si c'était ainsi, ton âme généreuse
Aurait moins de bonheur, me croyant moins heureuse ;
Combien je m'en voudrais, si j'avais retenu
Un bonheur qui de toi devrait être connu ;
Tu m'as rendu justice en parlant à ton père,
Ton audace a prouvé que tu me crois sincère.
Pour moi seule, pour moi, le ciel t'avait formé...
Je ne t'aurais pas vu que je t'aurais aimé ;
De l'homme de mon cœur préconisant l'image,
L'amour dans tout mon être aurait peint son ouvrage ;
De toutes tes vertus mon esprit fasciné
Au-dessus du portrait n'eût rien imaginé.
Quels que soient les malheurs qui m'attendent peut-être,
Par toi je suis heureuse et par toi j'aime d'être ;
La chaine que je porte est un si doux lien,
Que hors toi, sous les cieux je ne désire rien ;
Loin de toi, près de toi, je n'ai qu'un mot à dire,
Et ce mot est ton nom ; je le prends quand j'aspire ;
Il pénètre mon cœur, s'en empare et s'y tient
Pour n'y renouveler que le même entretien.
Je ne veux pas savoir quel charme, quel mérite,
Dans ce cœur ton esclave ordonne et sollicite ;
Mais si le sort, la force ou bien la trahison,
M'enlevait mon amant.... j'en perdrais la raison.
On aime pour aimer, on aime pour soi-même,
Et cet amour de soi ne connaît point d'extrême ;
Le seul sentiment vrai n'étant que l'intérêt,
Pour me confondre en toi Dieu rendit son arrêt...
Non..., mon amour n'est point idéal, chimérique...
Il n'est qu'un même amour qui le sente et l'explique,
Et mon cœur me le dit ; par ton âme tu vois
Toutes ces vérités que répète ma voix.

NÉARQUE.

Oui, mon cœur t'a comprise , oui, ma vie est la tienne ;
Oui , je sens par toi seule et ton âme et la mienne.
Qu'on vienne!... La prison , les cachots et les fers,
Et les maux que j'attends et ceux que j'ai soufferts ,
Rien ne peut ébranler mon cœur et ma constance.

ATHÉNAÏS.

Je voudrais comme toi conserver l'espérance....

NÉARQUE *presse Athénaïs contre son cœur.*

Une fois dans mes bras , qui peut t'en arracher ?

ATHÉNAÏS.

L'odieux Mikaël veut m'y venir chercher.

NÉARQUE.

A sa témérité nous saurons mettre obstacle...
Et je ne le crois pas capable d'un miracle ;
Qui ! lui, nous séparer ?... plutôt que le souffrir
Doute-t-il un instant que nous saurions mourir,
Et que de nos deux corps nos âmes détachées
Se rejoindraient au ciel dans l'amour épanchées?
L'ambition l'aveugle et sa férocité.
Aura présumé trop de notre lâcheté.

ATHÉNAÏS , *avec vivacité.*

Néarque, il faut frapper pour éviter l'abime.

NÉARQUE.

Ton amant t'aime trop pour te permettre un crime,
Seul , je suis assez fort.

ATHÉNAÏS.

Mon ami , par pitié ,
Crime ou non, je prétends en être de moitié.

NÉARQUE.

Quoi ! tu résisterais !

ATHÉNAÏS.

Oui, oui, je me rebelle !
D'immoler Mikaël l'action est trop belle.

Il a tué ton père, il nous a méprisés ,
Et ton cœur et le mien saignent et sont brisés.
Je t'aime avec ardeur , mais j'aime aussi la gloire ;
Il faut vaincre et je veux ma part de la victoire ;
Et si notre salut en devinait le prix ;
Me récuser serait mériter ton mépris.

NÉARQUE *affligé.*

Pardonne...., je voudrais...., hélas ! mon âme émue....
Tu pourrais te sauver , et c'est moi qui te tue.

ATHÉNAÏS , *avec véhémence.*

Je ne veux ni mourir, ni vivre que par toi !
Ce sont là tous mes vœux, je n'ai pas d'autre foi.
Si tu meurs , je te suis ; dans notre sort funeste ,
L'un ne doit pas mourir si l'un de nous deux reste.
Faisons de nous venger notre commun devoir ,
Trouvons-en les moyens dans notre désespoir.
Joins ton poignard au mien et veillons sur le traître ;
Qu'il rende tout le sang qn'il versa pour son maître ;
Ton poignard est-il prêt, Néarque ?

Elle saisit son poignard.

NÉARQUE *prend le sien.*

Le voilà.

Ce sera celui-ci.

ATHÉNAÏS, *avec une rage concentrée.*

Ce sera celui-là.

Je veux que dans son sang....

NÉARQUE.

Non, non , laisse-moi faire.

Car la vengeance est douce à qui venge son père.

ATHÉNAIS.

Ton père fut le mien; je dois à ses bienfaits
De venger comme toi les maux qu'on nous a faits;
Le crime le plus grand est dans l'ingratitude ,
Et pour ce crime là je n'ai pas fait d'étude.

NEARQUE.

Eh ! bien , frappons tous deux.

ATHÉNAÏS.

C'est convenu !

NÉARQUE.

C'est fait !

Que de notre colère il éprouve l'effet ;
Que sa tête hideuse en triomphe portée ,
Prouve que la vertu ne peut être achetée.

Quatre soldats arrêtent Néarque au moment où il sort.

FIN DU TROISIÈME ACTE.

ACTE QUATRIEME.

SCÈNE PREMIÈRE.

ATHÉNAIS *seule*.

Son appartement est faiblement éclairé.

Qu'ai-je fait, ô mon Dieu ! pour souffrir tant de maux ?
Le premier dure encor que j'en ai de nouveaux ;
Et, seule et sans secours, de tous abandonnée,
A répandre le sang serai-je destinée ?
A quoi servent mes pleurs ? Mes sourds gémissemens
Expirent dans mon cœur sans retentissemens...
Point d'écho... tout est mort... je prête en vain l'oreille,
Le silence est partout... c'est moi seule qui veille...
J'ai peur... c'est le néant... Le silence partout
Me dit que de mon Dieu la clémence est à bout !
Et pourtant je me meus... je marche... je frissonne...
Néarque, mon ami... ma force m'abandonne...
Néarque, toi qui seul pourrait me soutenir,
Viendras-tu ?.... Si les fers allaient te retenir !...
De mourir avec moi tu m'as fait la promesse,
Je sais que tu tiendras parole à ta maîtresse ;
Tu viendras secouru par ta foi, par le ciel,
Tu viendras, en dépit même de Mikaël !
Mikaël !... Ah ! ce nom change mes pleurs en rage...
J'entends quelqu'un...

SCÈNE II.

ATHÉNAIS, SOLIMAN.

SOLIMAN.

Madame, armez-vous de courage ;

Le tyran vous appelle, à ses ordres cédez.

ATHÉNAÏS.

Soliman, savez-vous ce que vous demandez?
C'est ma mort ; c'est bien plus, c'est celle de Néarque ;
Vous auriez dû d'abord en faire la remarque,
Et, puisque votre bras ne peut me protéger,
Vous dispenser du soin de venir m'affliger.

SOLIMAN.

Mikaël en ces lieux exerce la puissance,
Et je lui dois, Madame, entière obéissance.

ATHÉNAÏS.

C'est vrai !... mais, si par cas on voulait m'éprouver,
Je dois vous avertir que je puis tout braver,
Le maître et l'envoyé, le sort, Néarque même...
Dites-moi seulement si vous savez qu'il m'aime ;
La prison et les fers tout m'est indifférent
Hors l'horreur de me voir l'esclave d'un tyran.

SOLIMAN.

Ne vous alarmez pas ; quoi qu'on puisse vous dire,
Vous avez sur Néarque un invincible empire.

ATHÉNAÏS.

Parlez ! Quel est son sort ? L'a-t-on vu?... Que fait-il?

SOLIMAN.

De ses jours il aurait déjà tranché le fil
Sans l'espoir d'un secours ; le retard le désole ;
Il s'encourage, il prie... un seul mot le console,
Ce mot est votre nom... quand il l'a prononcé,
Il lève au ciel les yeux, puis retombe affaissé ;
Mais bientôt, empruntant sa force à l'espérance,
Il sourit au succès de votre délivrance.

ATHÉNAÏS.

Que dit, que pense Éphime ?

SOLIMAN.

Éphime est repentant.
Il hait sa trahison, il ne voit que l'instant
De trouver les moyens de réparer sa faute
Et de son prisonnier voudrait devenir l'hôte ;
Enfin avec Néarque il n'a qu'à s'accorder,
Et tous les deux unis peuvent tout hasarder.

ATHÉNAÏS.

Éphime fut snrpris, et, s'il était habile,
Un prompt retour vers nous lui rendrait tout facile ;
Mais le peuple agit-il ?

SOLIMAN.

Le peuple ne sait rien.

ATHÉNAÏS.

Ah ! si vous l'instruisiez !... Sans doute son soutien...

SOLIMAN.

Un danger imminent m'épouvante, m'arrête...
Et le plus hardi craint s'il faut jouer sa tête.
La consigne est donnée et personne ne sort ;
On n'aperçoit partout que des apprêts de mort.
On parle d'un grand coup dont je tremble moi-même.
Et tout annonce enfin un dénoûment suprême ;
On s'assemble, on s'agite ; une sombre terreur,
Dit assez que du glaive on pressent la rigueur ;
Non, on ne vit jamais avec tant de prudence
Déployer tant de zèlo et tant de vigilance.

ATHENAÏS, *avec abattement.*

Pas un bras pour tenter !... Comme l'ombre au désert,
Je suis donc seule ici ? personne ne me sert ?

SOLIMAN.

Ne vous étonnez pas de cette indifférence.
Croyez-en mon aveu ; j'ai lassé ma constance.
En travaillant trente ans pour me faire un ami.

ATHENAÏS.

Qui ne s'en fait pas un ne l'est plus qu'à demi !
Ah ! devenez le mien ; Soliman, je vous jure
(Et Dieu sait si je suis capable d'imposture)
Qu'en moi vous trouverez désintéressement ,
Franchise, bonne foi, généreux dévoûment..,
Oui ! vous me comprenez ; tous deux d'intelligence ,
Je veux de Mikaël confondre la puissance...
Puis-je d'un noble cœnr implorer le secours ?

SOLIMAN.

Si je cède à vos vœux, je compromets mes jours ;
J'ai fait assez pour vous, je ne dois plus rien faire ;
Mais puisse mon conseil vous être salutaire ;
D'attendrir Mikaël, il vous faut essayer.

ATHÉNAÏS.

C'est chercher un refus que l'on veut essuyer ;
Mikaël, ce méchant, cet inepte en morale ;
Dont chaque heure du jour a produit un scandale ;
Ce monstre à traits humains dont la férocité ,
Du tigre a surpassé toute la cruauté ,
S'émouvoir à l'aspect d'une grande infortune !
Qui naquit sans pitié ne fait preuve d'aucune !
Pour m'épargner la honte et remplir mon devoir ,
Je ne vois de secours que dans mon désespoir.
Et n'ayant que le crime en ces lieux pour m'absoudre ,
A rougir mon poignard, mon bras doit se résoudre.

SOLIMAN.

Madame, contre vous n'allez pas le tourner !

ATHÉNAÏS.

Auriez-vous un conseil meilleur à me donner ?

SOLIMAN.

En cédant à la force , on n'est point criminelle ,
Et vous avez donné trop de preuve de zèle

Pour qu'on puisse jamais soupçonner votre cœur ;
C'est le consentement qui fait le déshonneur.

ATHÉNAÏS.

Ecoutez, Soliman, et jugez d'une idée
Qui m'agite et me suit, dont je suis obsédée.
Mikaël, exerçant le souverain pouvoir,
Pour se faire obéir n'aurait plus qu'à vouloir.
Serait-il assez grand pour donner une trève ?
Un doute sérieux dans mon esprit s'élève,
Un secret sentiment, instinct révélateur,
Dénonce à ma raison l'astuce du flatteur ;
Quoi qu'il en soit, il fait ce qu'il ne doit pas faire.
Le courtisan parfois agit en téméraire.
Je soupçonne un mensonge avec art concerté,
Pour consommer un crime avec sécurité ;
Et crois que sa conduite est la basse industrie
D'un système hardi de courtisannerie.
Vous, mon cher Soliman, qui le connaissez mieux,
Vous devriez m'éclairer et désiller mes yeux ;
Comme il n'est pas de borne à la reconnaissance,
On ne me verra point fixer la récompense ;
Néarque est tout pour moi, je vous en fais l'aveu ;
Si je l'obtiens par vous, dites-moi votre vœu ;
N'importe quel qu'il soit, il suffit de le faire ;
Où n'est pas la faveur, il n'est rien d'arbitraire.
Sans doute, on vous a fait des offres à ravir
Le cœur le moins facile à se faire asservir ;
Quoi qu'on vous ait promis, je donne davantage ;
Je ne puis de mes biens faire un plus bel usage,
Que de les donner tous à qui pourrait sauver
Le seul que mon amour désire conserver.
Ah ! faites mon bonheur et sauvez-moi du crime ;
Comptez sur mon amant, il est bon, magnanime,

En lui vous trouverez le meilleur des amis,
Dans son intimité soyez sûr d'être admis...
Homme ! n'êtes-vous né que pour ramper esclave ?
Dévoilez Mikaël, vous serez riche et brave.

SOLIMAN.

Ce que je puis vous dire et que je sais par lui,
Madame, je le sais seulement d'aujourd'hui ;
Il veut qu'Athénaïs, belle de tous ses charmes,
Paraisse aux yeux d'Osman sans douleur et sans larmes.
Si son ordre cruel est de vous amener,
Il vous donne une suite au lieu de vous traîner.

ATHÉNAÏS.

Il est officieux, et je le remercie
De toutes ses bontés et de sa courtoisie.

SOLIMAN.

Cédez ; votre beauté lui vaut le visirat...
Néarque de son père aura l'hospodorat.

ATHÉNAÏS.

Il spécule sur nous !... Nous romprons l'entreprise ;
Mais à nous vendre enfin quel pouvoir l'autorise ?

SOLIMAN.

Mikaël a l'esprit de domination,
Et ne connaît plus rien que son ambition.

ATHÉNAÏS.

Homme barbare et vil ; la soif de la richesse
Lui fournit les parfums de sa délicatesse.
Quoi ! ne savez-vous rien qui puisse l'entraîner ?

SOLIMAN.

Seulement le conseil que j'ai pu vous donner :

ATHÉNAÏS.

Qu'il est cruel à suivre !... En désespoir de cause
Je dois donc essayer ce que l'on me propose ;
L'amour de mon amant en est le seul motif.

SOLIMAN.

Que Dieu donne au malheur l'accent persuasif.

SCÈNE III.

MIKAEL, ATHÉNAIS, SOLIMAN.

MIKAEL, *avec mystère.*

Approche Soliman !

Il lui parle à l'oreille.
(Haut).

Ne compte sur personne
Pour remplir prudemment les ordres que je donne.

Soliman sort.

A part.

De réparer ma faute enfin viendrai-je à bout !
Pour mieux faire ma cour, si j'allais perdre tout !

Aux gardes.

Gardes ! l'on peut tenter une folle entreprise,
Et soyez vigilans de peur d'une surprise.

ATHENAÏS, *à part.*

Si je n'avais l'espoir de revoir mon amant,
De frapper le cruel ce serait le moment.

MIKAEL *aux gardes.*

Surveillez bien Néarque, encore plus Ephime ,
Il plaint son prince, il peut se décider au crime.

A part.

Si l'essai que je fais de mon humanité
M'est fatal, il croîtra d'autant ma cruauté.

A Athénaïs.

Néarque pense à vous; vous avez une lettre
Qu'il vient de m'envoyer pour vous faire remettre.

ATHENAÏS.

Et vous avez voulu .... donnez vite , donnez!...
Sans doute vous savez...

MIKAEL.

J'ignore tout; prenez.

ATHENAÏS *prend la lettre.*

Mon cher ami... Néarque! hélas! que vais-je lire !

De son affreux destin m'écrit-il pour m'instruire.

Elle ouvre la lettre.

Ma chère Athénaïs,

« Nous combattons en vain ; tout me le prouve ; je
» t'écris pour t'engager à accepter les offres qu'on te
» fait ; sache te résigner et laisse-moi mourir seul ; ton
» image me suivra dans la tombe ; tu dois m'oublier ;
» Adieu !

MIKAEL, avec affectation.

Et Néarque a signé...

ATHENAÏS.

Mais Néarque a menti.

Quoi ! sans me consulter, il prendrait un parti ?
L'énormité du fait marquerait dans l'histoire,
Si votre habileté me forçait à le croire.

MIKAEL.

Croyez qu'il vous trahit.

ATHÉNAÏS.

Comment !... il se pourrait !

Je ne le croirais pas quand il me le dirait...
Il a le cœur trop grand, il a l'âme trop belle
Ou pour se parjurer ou pour être infidèle :
Au reste, libre à lui de manquer à sa foi,
Il peut bien s'avilir... Mais, Athénaïs... moi !
La haine et le mépris... je vais, je dois relire...
Néarque n'a pas dit tout ce qu'il voulait dire,
Et mon trouble m'égare... attendez...

Elle s'éloigne, elle reporte les yeux sur la lettre, et dit à part à
demi-voix.

Oui..., je vois...

Au bas de son écrit, il a fait une croix...
Une croix, c'est la mort ; non, non, c'est l'espérance.
Je puis compter encor sur ma juste vengeance ;
Le sort qui jusqu'ici n'a fait que me tromper
Va me fournir peut-être un moyen pour frapper.

Une croix.... je comprends, c'est le signe ordinaire !
Qu'il employait parfois pour cacher un mystère.

Elle regarde plus attentivement et retourne le papier.

« Résiste, nous vaincrons!»... Bonheur inattendu !
Juste Dieu ! mon amant me serait-il rendu.
O doux frémissement qu'agite l'espérance ,
Une seconde fois , je reçois l'existence !..
Pardonnez-moi, seigneur, je vais me recueillir,
Pour savoir si je dois ou vous suivre ou mourir.

Soliman entre et annonce l'arrivée des conspirateurs.

SCÈNE IV.

MIKAEL , ATHÉNAIS , SOLIMAN.

SOLIMAN.

Seigneur , les conjurés veulent être introduits ,
Ils demandent Grégoire , et , par l'espoir séduits...

MIKAEL *à voix basse à Soliman.*

Les bourreaux !

SOLIMAN.

Ils sont là.

MIKAEL.

Tu peux les introduire.
Mon ordre t'est connu, je n'ai plus rien à dire.

A Athénaïs.

Madame, j'y consens, allez vous préparer.
C'est perdre trop de temps à se désespérer.

Elle sort.
Les conspirateurs à qui Soliman a fait signe de venir entrent.

SCÈNE V.

MIKAEL , SOLIMAN , CHRISÉIS , PIÉTRO ,
EUSÈBE , HASSEM.

CHRISEIS , *à Mikaël.*

Ghika nous a promis qu'avec ton assistance
Nous allons obtenir nos droits , l'indépendance ,
Enfin la liberté.

MIKAEL *à Soliman.*

Soliman réponds-leur.

Ils verront que leur prince est un homme d'honneur.

Il se dispose à sortir.

CHRISÉIS.

Et pourquoi nous quitter ?

MIKAEL.

Une affaire m'appelle,

Soliman me remplace et comptez sur son zèle.

Il sort.

CHRISÉIS.

Que le prince paraisse !

SOLIMAN.

Il n'est plus.

TOUS LES CONSPIRATEURS.

Il n'est plus !

Quoi, vous l'auriez trahi !...

PIÉTRO.

Nous sommes tous perdus.

CHRISÉIS.

Frères, ne crions pas, méprisons les esclaves,

Et s'il nous faut mourir, sachons mourir en braves.

SOLIMAN.

Mikaël par bonté vous accorde le choix

De votre mort; voyez et recueillez les voix ;

Vous avez le poignard, le poison, la potence,

Le cimeterre !... Eh bien ! vous gardez le silence ;

Parlez ! désirez-vous ensemble tous mourir ?

CHRISÉIS.

Pour juger qui de nous saura le mieux souffrir,

L'un après l'autre... agis...

SOLIMAN.

C'est une grâce encore

Que je puis accorder quoiqu'elle vous honore.

EUSÈBE.

Bourreau ! pour moi qui crains la honte d'un retard

Et qui hais l'appareil, je réclame un poignard.

SOLIMAN.

Tu l'auras... Toi Piétro !

PIÉTRO.

Quant à moi, je préfère
Le poison... j'ai sur moi de quoi me satisfaire.

Il avale le poison qu'il montre.

SOLIMAN.

Tu médites, je crois, une autre trahison.

PIÉTRO.

Mes douleurs vont bientôt démentir ton soupçon.

HASSEM.

Puisque chacun ici prononce sa sentence,
Pour moi, je veux avoir l'honneur d'une potence.

SOLIMAN.

Le cordon valait mieux...

HASSEM.

Non, il serait ton choix...
Et, pour délibérer, ici tu n'a pas voix.

SOLIMAN.

Diras-tu le sujet?

HASSEM.

Afin que mon supplice,
Grave dans plus de cœurs la foi du sacrifice.

SOLIMAN, *aux bourreaux.*

Tu seras satisfait... Que selon son désir,
De le voir supendu le peuple ait le plaisir.

Aux autres conspirateurs.

Quelle mort voulez-vous ?

UN DES CONSPIRATEURS.

Assez de prévenance :
Celle que tu croiras plus propre à ta vengeance.

HASSEM *voit Piétro défaillir.*

Piétro se meurt !

CHRISÉIS *l'appelle.*

Piétro !

PIÉTRO , *dans le délire.*

Non , je ne mourrai pas ?

Oh! voyez que d'amis vous donne mon trépas.

J'aperçois à travers ma débile paupière ,

De la liberté sainte ondoyer la bannière ,

Des chants qui m'ont ravi frappant tout l'horison ,

Célèbrent le succès de notre trahison.

Frères , en ce moment pour mon cœur que de joie !

Que de biens, que d'honneur, le Tout-Puissant m'envoie !

Ma vengeance est complète et je bénis mon sort.

Je ne pouvais mourir d'une plus belle mort.

CHRISÉIS *le presse contre son cœur.*

Le trépas d'un de nous ferait-il frémir l'autre?

Si ton sort est heureux douterais-tu du nôtre ?

Quand nous voyons sublime et digne d'un Brutus

Un ami tel que toi, que nous faut-il de plus !

A Soliman.

Si tu voulais me rendre un éminent service ,

Ce serait d'honorer Osman de mon supplice.

Je serais plus heureux si mourant de sa main

J'avais pour mon bourreau l'illustre souverain.

SOLIMAN.

Tu connais le complot de tout tu peux m'instruire.

Tu seras pardonné , si tu veux me le dire.

CHRISÉIS.

Oui , c'est vrai , je sais tout.... mais tu ne sauras rien.

SOLIMAN.

De te faire parler je connais le moyen.

CHRISÉIS.

Peut-ê   ourrait... si d'une confidence

Tu   ais m'hone er...

SOLIMAN.
Compte sur ma prudence,

Si tu dis l'attentat...

CHRISÉIS.
Je promets de garder

Ton secret, sans besoin de le recommander.

SOLIMAN.

Mais que prétends-tu donc?

CHRISÉIS.
Et que veux-tu me dire?

SOLIMAN.

Si je pouvais savoir ce que ton cœur désire.

CHRISÉIS.

Tu crains! Je n'ai pas peur; je vais donc commencer;

Entre ton maître et moi, veux-tu te prononcer?

SOLIMAN, *avec finesse.*

Au lieu des conjurés, veux-tu servir mon maître?

CHRISÉIS.

Pour être homme de cœur veux-tu devenir traître?

SOLIMAN, *avec ironie.*

Tu ris...

CHRISÉIS.
Non, je dis vrai; nous tuons Mikaël

Pour le livrer enfin aux vengeances du ciel.

Qui sert un vil tyran peut en trahir la cause.

SOLIMAN.

Mais de notre avenir ce vil tyran dispose;

Servons-le tous les deux, il sait récompenser;

Au grandes actions on ne doit plus penser;

Ce sont arbres sans fruits et labeurs sans salaire.

CHRISÉIS.

Si tu n'aimes que l'or, je puis te satisfaire,

Nous sauverons Néarque avec Athénaïs,

Du grand prince Ghika j'ai pu juger le fils,

Et nous obtiendrons tout de sa reconnaissance;

C'est un homme d'honneur, crois que la récompense...

SOLIMAN.

Ce qu'on promet jamais ne valut ce qu'on a.

CHRISÉIS.

Nous ne décidons rien.

SOLIMAN.

Non , nous en restons là.

CHRISÉIS.

Trop de réserve nuit...

SOLIMAN.

Nous sommes politiques.

CHRISÉIS.

Aussi, nous bornons-nous à faire des répliques.

SOLIMAN.

Disons la vérité, nous sommes deux fripons.

CHRISÉIS.

Nous traitons savamment des droits des nations.

SOLIMAN.

Impossible...

CHRISÉIS.

Et tu dis...

SOLIMAN.

Pas le mot, il faut rompre...

Tu voudrais me leurrer !

CHRISÉIS.

Et tu veux me corrompre.

SOLIMAN.

Nous doutons l'un de l'autre.

CHRISÉIS.

Et nous n'avons pas tort.

SOLIMAN.

Parle enfin !

CHRISÉIS.

J'ai dit non !

SOLIMAN.

C'est ton arrêt de mort.

CHRISÉIS.

Je suis prêt :

SOLIMAN.

Je te plains ; la douleur importune...
Et tu succomberas...

CHRISÉIS.

Je n'en redoute aucune.

SOLIMAN.

Et le pal..., la torture?..

CHRISÉIS.

Et Chriséis répond :
La torture interroge... oui, mais la foi confond.

SOLIMAN.

Parle plus franchement pour te faire comprendre.

CHRISÉIS.

Un cœur qui sent son Dieu n'a point de frère à vendre.
Tu pourras en juger ! oh ! viens lâche bourreau ;
Viens prendre des leçons de la nuit du tombeau.

SOLIMAN, *avec violence.*

Viens, je suis curieux ; voyons si ta nature
Pourra mettre en défaut les maux de la torture.

SCÈNE VI.

ATHÉNAIS *seule.*

Un bruit lugubre et sourd jusqu'à moi parvenu
A frappé mon esprit tristement prévenu ;
Quand j'ai tout résolu, quoi donc !.. j'hésite encore !
Sur le point de frapper un monstre que j'abhorre,
Quels combats douloureux se livrent dans mon cœur ?
Sentiment de pitié, sentiment de fureur
Vous qui de l'emporter vous disputez la gloire
A qui des deux ici restera la victoire ?
D'un et d'autre côté je me laisse entraîner,
Au moment de punir, je voudrais pardonner ;

Mais bientôt revenant au sentiment contraire ,
La vengeance à son tour seule a de quoi me plaire ;
Que dis-je ? le pardon est un acte de Dieu
Qu'il exerce en tous cas , à toute heure, en tout lieu.
On dit qu'en l'imitant on appelle sa grâce,
Et que près de son trône on s'assure une place :
On dit ! mais mon esprit est loin de concevoir
Ce qu'on sait par la foi , mais impossible à voir ;
Affreux tourment du doute, ô douleur ! ô misère !
Pour agir sûrement je manque de lumière....
Ecoutons ma colère , et ne résistons plus.
Silence, ma pitié , tes cris sont superflus.
Je ne vois maintenant dans l'ardeur qui m'anime
Que l'heure de punir le crime par le crime,
Etre toujours victime et toujours pardonner
C'est laisser aux méchans la terre à moissonner.

Elle tire son poignard et l'invoque.

Arme du désespoir , instrument de vengeance ,
A mon cœur déchiré vient donner l'espérance ,
Le cri de la détresse est un appel à Dieu.
S'il ne m'exauce pas , poignard remplis mon vœu :
Je te vois , je te touche et je sens à ta vue
S'exalter les fureurs de mon âme éperdue;
Si je n'ai le succès de mon pressentiment ,
Poignard, tranche mes jours et sauve mon amant ;
Mais fais cause avec moi ; Dieu vengeur de l'outrage ,
Donne-moi de ta force , excite mon courage ,
Alimente ma haine et tiens ferme mon bras ,
Qu'au moment de frapper il ne balance pas ,
Et prouve en ma faveur qu'aujourd'hui ta puissance
A compris la justice en vengeant l'innocence :
Le châtiment du crime est père de la foi
Que Mikaël périsse , et mon cœur est à toi.

SCÈNE VII.

MIKAEL , ATHÉNAIS , Gardes.

MIKAEL.

Madame , à me gagner il ne faut plus prétendre ,
Tout doit avoir un terme, et je suis las d'attendre.

ATHÉNAÏS.

Parlez-moi de Néarque , et faites-le venir.

MIKAEL.

Perdez , perdez de lui l'indigne souvenir.

ATHÉNAIS.

Ah ! laissez-moi le voir lui parler et lui dire
Que pour lui seulement Athénaïs respire.

MIKAEL.

Non, vous n'obtiendrez rien; tous vos soins sont perdus.

ATHENAÏS.

Ayez pitié de moi.....

MIKAEL.

Vous ne le verrez plus.
Madame , votre amour...

ATHÉNAÏS.

C'est l'amour d'une femme ;
C'est ce feu dévorant , ce feu qui brûle l'âme ,
Dont se nourrit le cœur ; mais sincère , mais vrai ,
Qui ne veut ni détour, ni forme, ni délai.
Enfin , m'accordez-vous la grâce que j'implore ?

MIKAEL.

Non !.... c'est trop abuser.

ATHÉNAÏS , *avec désespoir.*

Eh ! quoi, j'attends encore,
J'attends ! et mon amant peut-être au désespoir
Se débat dans les fers et demande à me voir.
Ah ! s'il allait penser que je suis infidèle !
Ce serait pour son cœur une peine mortelle ,
Et pour moi, Mikaël , songez quel déshonneur !

Je serais son bourreau , sans faire mon bonheur...
Permettez-un moment que ma voix le rassure
Et laissez-moi prouver que je suis toujours pure
Ne me refusez pas.

MIKAEL, *avec dureté.*

Madame , mon devoir.....

ATHÉNAIS.

Non , non, vous pouvez tout, vous n'avez qu'à vouloir ;
Vous exercez ici la suprême puissance ,
Et tout, jusques à moi , vous doit obéissance.

MIKAEL.

Eh ! bien , obéissez.

ATHÉNAIS.

Eh ! que me voulez-vous?

MIKAEL.

Suivez-moi.

ATHÉNAIS.

Je ne puis.... Néarque est mon époux.
Et si je vous disais *(à part)* oh ! quelle confidence
Dont le mépris serait la juste récompense.
(Haut.)
Quoi qu'il en soit, Seigneur , je ne puis me donner ;
De vos desseins veuillez autrement ordonner...
Si contre mon honneur j'avais dit quelque chose ,
Ne m'en accusez pas , vous en êtes la cause.

MIKAEL.

Ma bonté vous permet d'exhaler vos douleurs ;
Mais n'attendez jamais de pitié pour vos pleurs.

ATHÉNAIS.

Et vous pourriez... comment faut-il que je vous nomme?
Quoi ! pour être inhumain Dieu vous aurait fait homme
De vous en faire aimer n'auriez-vous pas besoin ?

MIKAEL.

Pour mieux servir son maître on s'épargne ce soin.

ATHÉNAIS , *désespérée.*

Donc, je suis sans espoir !... désolée, éperdue,

Mourante , hors de moi , pitié je suis perdue.

Ah ! pitié pour ce cœur souffrant et déchiré,

Dévoré par l'amour , au désespoir livré...

Mais Dieu pour l'homme est bon, quand l'homme s'humilie

Ayez sa charité , mon malheur vous supplie :

Si vous en éprouviez seulement la moitié

Vous diriez avec moi. D'abord.... pitié , pitié...

Quoi ! vous restez muet ?... Ah ! folle , je m'égare...

Malheureuse ! tu veux attendrir un barbare.

(A Mikaël.)

Pardonnez-moi , l'amour a troublé ma raison

Et condamnez le Dieu : je meurs de son poison.

Laissez-moi fuir de vous , laissez-moi tout entière

Me consumer en pleurs pour finir ma misère :

Si mes tourmens n'ont rien qui puisse vous toucher

Pour m'accuser ici qu'oseriez-vous chercher ?

M'avez-vous entendu vous reprocher vos crimes ?

Ai-je dit que je fusse une de vos victimes ?

Et lorsque vous m'ave zrefusé vos bienfaits ,

De toutes vos fureurs et de tous vos forfaits

(Avec force.)

Vous ai-je dit un mot ? Eh ! bien , si mon silence,

Imposé par la peur fut gardé par prudence ,

Lasse de me contraindre , enfin je le romprai ,

Et tout ce que j'ai tû , cruel , je le dirai....

Oui , oui , je dirai tout ; j'en aurai le courage ;

Mon désespoir ne craint ni vous, ni votre rage.

Si par là de ma mort je prépare le deuil

Je n'emporterai point de regrets au cercueil.

Avec fureur.

Corrompu , corrupteur , lâche assassin, parjure.

Vous avez dégradé l'humaine créature....

Vos amis immolés à votre ambition

Vous les avez perdus de réputation :

A la face de Dieu , vous avez sans colère

(Et j'en rougis pour vous) renié votre père.
Vous êtes l'inventeur de vos atrocités !
Et pour donner le change à tant d'indignités
A qui recourez-vous ?.... Est-ce à vos perfidies?
Est-ce à vos trahisons avec audace ourdies ,
Qui n'ont dû leur succès qu'aux plus affreux abus ?
Vos manœuvres enfin n'en imposeront plus :
Votre règne est fini : Vous êtes un infâme !
Et l'on n'a rien de l'homme alors qu'on n'a pas d'âme ;
Non , vous n'en avez point ?... vous ne croyez à rien ;
Malheureux réprouvé ! qu'avez-vous fait de bien ?
Les sentimens pour vous sont de folles pensées ,
Leurs inspirations excitent vos risées.
Barbare ! un Dieu vengeur par choix vous contrefit
De Satan son rival , il vous laissa l'esprit :
L'instinct compâtissant fond de la bienfaisance ,
Qui de tous les malheurs adoucit la souffrance
Il vous le refusa ; votre perversité
A détruit tous les nœuds de la fraternité :
Assemblage inouï de crimes et de vices ,
La mort , de votre cœur fait toutes vos délices...
Oh ! pour vous voir à nu si vous aviez mes yeux ,
Vous vous reconnaîtriez exécrable , odieux ;
La vérité puissante apparaissant entière
Terrifirait vos sens des flots de sa lumière ;
Vous vous feriez horreur... vous auriez peur de vous
Bourrelé , déchiré , chancelant , à genoux. .
Vous vous affaisseriez sous le poids de vos crimes ;
Haletant , hors de vous , environné d'abîmes
Vous sentiriez entrer dans votre cœur de fer
Avec tous les démons, tous les feux de l'enfer.
Et de tous vos forfaits la fièvre incandescente
Nourrirait le foyer de votre chair brûlante.

(Effrayée.)

Où suis-je ? Qu'ai-je fait ? Néarque , mon espoir
Tout est fini pour moi ; je mourrai sans te voir.

     MIKAEL , *à part, fait entrevoir sa joie.*

Au torrent furieux qui livre le passage
Garantit à la fois la digue et le rivage ;
La frayeur la saisit , elle perd tout espoir
Je touche au visirat en faisant mon devoir.
    (A Athénaïs avec un ton de menace.)
D'une vaine fureur votre âme possédée....

    ATHÉNAIS, *avec une passion véhémente, sans cris.*

De l'état où je suis pour te faire une idée,
As-tu connu l'amour, ses terreurs , ses tourmens ,
Le poison de la haine et ses ressentimens ?
Parle ! Jusqu'à ce jour depuis ta tendre enfance
Le sort à te trahir lassa-t-il sa constance ?
As-tu jamais nourri cet amour exalté
Qui de l'objet aimé fait sa divinité ?
Et pour combler l'horreur du malheur qui l'assiége
T'osa-t-on demander un affreux sacrilége ?
Abandonner Néarque est le plus grand de tous :
C'est mériter du ciel la haine et le courroux ,
C'est ajouter l'outrage à l'éclat de l'injure,
C'est se rendre à la fois assassin et parjure,
C'est se déshonorer par un manque de foi,
C'est de l'humanité fouler aux pieds la loi ,
C'est déverser l'opprobre avec l'ignominie
Sur des jours que nourrit la fièvre d'agonie ,
Dis-moi qui de Néarque obtiendrait mon pardon
Si je l'humiliais par un lâche abandon ?
Et pour mettre le comble à toutes ces bassesses ,
J'irai de ton Osman surcharger les maîtresses ,
J'irai de ses regards mendier les faveurs ?....
     MIKAEL.
Venez pour recevoir ses égards , ses honneurs ;

Venez, dis-je, venez, vous n'avez qu'à paraître
Pour être en même temps la maîtresse et le maître.

SCÈNE VIII.

ATHÉNAIS, MIKAEL, SOLIMAN.

SOLIMAN *entre avec précipitation.*

Néarque... Ephime...

MIKAEL.

Eh ! bien,

SOLIMAN.

Désirent vous parler
D'un complot qu'un soldat vient de leur révéler.

MIKAEL.

Qu'on enchaîne Néarque ensemble avec Éphime,
Ils sont assez hardis pour comploter un crime.

Soliman sort.

ATHÉNAIS, *pleine de joie.*

Néarque ?... hâtez-vous de le faire venir.

De tous nos intérêts nous pourrons convenir ;

Vous ne me verrez plus, Seigneur, le contredire

A tout ce qu'il voudra je suis prête à souscrire.

MIKAEL.

Il n'est plus de délai, décidez-vous enfin.

ATHÉNAIS, *effrayée, veut fuir ; on la retient.*

Néarque, mon ami....

MIKAEL.

Vous résistez en vain.

C'est assez me jouer ! cessez d'être rebelle.

ATHÉNAÏS.

Non, je ne serai pas malgré moi criminelle.

Athénaïs porte la main sur son poignard qui est placé près
de son cœur.

MIKAEL

Que cherche votre main ?

ATHÉNAÏS.

Je consulte mon cœur ;

Vous n'y comprendrez rien, car il s'agit d'honneur.)

MIKAEL.

Essayez si pour vous je serai corruptible.

ATHÉNAÏS.

Quand une femme veut , tout pour elle est possible.

MIKAEL.

Ou me suivre ou mourir...

ATHÉNAÏS, *avec force.*

Je ne vous suivrai pas.....

MIKAEL.

Etes-vous résolue ?

ATHÉNAÏS,

Oui , j'attends le trépas.

MIKAEL.

Enfin , vous le voulez , c'est trop de résistance :
Gardes , approchez-vous !

Les gardes s'approchent pour la saisir.

ATHÉNAÏS.

Tu me fais violence
Traitre

Elle tire son poignard pour frapper ; Mikael évite le coup ; Athénaïs, toujours le poignard levé, avance jusqu'aux deux gardes qui
viennent l'arrêter ; au même instant on entend la voix de Néarque qui
force la garde accompagné d'Ephime et des conjurés.

Reçois le coup qu'on doit à tes forfaits.

Mikael tombe dans les bras des gardes qui le conduisent sur un
fauteuil.

O mon Dieu ! par sa mort montre-moi tes bienfaits
Quel bruit !

Néarque, dans la coulisse. appelle Athénaïs pour l'avertir de son
arrivée.

NÉARQUE.

Athénaïs !...

Athénaïs pousse un cri qui doit exprimer l'espoir de sa délivrance
et la joie de revoir son amant.

ATHÉNAÏS.

Ah ! c'est lui, mon ami ,
J'ai vaincu... je suis forte... il vient...

MIKAEL , *mourant.*

Je suis trahi.

SCÈNE IX.

NÉARQUE , EPHIME , MIKAEL , ATHÉNAIS.

NÉARQUE *et sa suite de conjurés.*

Les gardes se défendent mollement et se retirent devant eux ; les conjurés et ses amis se rangent devant la porte d'entrée.

NÉARQUE , *le cimeterre à la main.*

Lâches , retirez-vous , c'est en vain qu'on m'arrête;

Cédez ; Mikaël seul doit payer de sa tête.

Athénaïs , toujours le poignard à la main , et qui s'était avancée du côté où son amant avait fait entendre son nom , se trouve près de lui.

NÉARQUE , *avec transport.*

Ma chère Athénaïs,

ATHÉNAIS *s'adresse à Néarque et lui dit en lui montrant*
Mikaël.

Viens et vois.... il est mort.

NÉARQUE.

Quel est le bras heureux ?...

ATHÉNAIS, *troublée.*

Néarque , plains mon sort.

Je suis un assassin.

NÉARQUE.

Dis , je suis magnanime...

Immoler les tyrans, c'est mettre fin au crime.

ATHÉNAIS.

Suis-je toujours pour toi la même Athénaïs ?

NÉARQUE.

Pourrais-je de Ghika cesser d'être le fils ?

Je t'aime et je t'admire , et mon âme brûlante

Dans son Athénaïs voit l'ange avec l'amante.

Oui , je t'aime , je t'aime , et c'est avec ce feu

Le plus vif, le plus pur , dout l'essence est mon Dieu,

Dont mon Dieu te nourrit dans son amour suprême

Pour que deux ici-bas ne soient plus que le même.

Il la presse contre son cœur.

Ma bonne Athénaïs ?

ATHÉNAIS , *haletante, le regarde avec transport et*
attendrissement.

Néarque..., oui..., oui... c'est toi ?

NÉARQUE.

Moi..... qui t'apporte pur et ma vie et ma foi.

MIKAEL , *toujours assis et mourant.*

Grâce....

ATHÉNAIS.

Ciel , il vivrait !

Néarque tire son poignard et court vers lui ; Athénais se place
entre tous deux et supplie son amant de ne pas frapper.

N'achève pas le crime

Il faut au noble bras une digne victime.

NÉARQUE.

Ecoutons la prudence et non le sentiment ,

Nul , avec les méchans , n'est bon impunément ;

MIKAEL.

Grâce , grâce , Néarque , et tu seras habile.

NÉARQUE.

Implorer ton pardon rend ton âme plus vile ,

Monstre ! pour réussir faut-il toujours tromper ?

MIKAEL.

Ce n'est ni le moment , ni celui de frapper.

NÉARQUE.

Après le meurtre affreux dont encor je frissonne ,

Homme , je te punis , chrétien je te pardonne ;

Mais ton dernier arrêt sera rendu là-haut

Pour l'aller recevoir , ici-bas , il te faut

Expier tes forfaits par la mort et la honte ;

A Dieu seul le pouvoir de régler notre compte.

MIKAEL.

Mais songe à l'avenir ; renonce à te venger.

NÉARQUE , *à Athénais et à Ephime.*

Je suis sûr qu'il voudrait encor nous protéger.

MIKAEL , *d'une voix mourante.*

Dignité de visir par mon maître promise ,
Pour qui je reniai pays , honneurs , franchise ,
J'ai commis vainement cent crimes pour t'avoir.
Deux enfans m'ont vaincu , je meurs au désespoir.

A Ephime.

Ta trahison , Ephime , un jour aura sa peine.

ÉPHIME.

Tu manquas de parole et j'ai trahi la mienne ;
J'ai pu venger mon prince et je suis satisfait.
Je voulais ou mourir ou punir ton forfait.

NÉARQUE.

Honte du genre humain , assassin de mon père ,
Qui de Dieu plus que toi mérita la colère ?

MIKAEL.

Osman , qu'apprendras-tu ?

NÉARQUE.

Va , ne t'alarme pas ,
Osman sera bientôt instruit de ton trépas !
Amis , à l'endroit même où fut tué mon père ,
Que son supplice paie une perte si chère.

A Mikaël.

Et ta tête marquée au nom de Mikaël
Expliquera comment a fini le cartel.
Dans une urne funèbre , avec soin cachetée ,
A ton digne empereur elle sera portée.
Gardes ! qu'on le conduise ; il apprendra dans peu
Qu'à servir les tyrans, on joue un mauvais jeu.

ATHÉNAIS.

Cher Néarque , dis-moi, quel mortel secourable
A fermé de nos maux le gouffre épouvantable ?
Pour payer ses bienfaits que pourrons-nous donner !
Et comment s'acquitter...

ÉPHÌME , *avec repentir..*
          Il faut le pardonner...
          NÉARQUE.

Ephime avec bonheur a protégé ma fuite ;
Avec moi, s'unissant à ces braves d'élite ,
Il a fait mon succès par un beau repentir.
          A Éphime.
Si ton cœur un moment a pu se démentir,
Ton retour vers ton prince a réparé ta faute.
J'étais ton prisonnier et tu seras mon hôte ,
Tu mourras avec nous : mais ne nous flattons pas ;
Pour fuir loin de ces lieux, précipitons nos pas ;
Allons finir nos jours sur la terre étrangère ,
Après avoir rendu les honneurs à mon père.
          A Athénaïs.
Tu l'as vengé ; conçois ma honte et mes transports.
Je n'ai pu seconder tes généreux efforts.
          ATHÉNAIS.
A tous les maux du ciel , au désespoir en bute ,
Seul, tu soutins mon cœur dans cette affreuse lutte.
          NÉARQUE.
A qui le mérita remettons le laurier ;
L'honneur est pour ton bras, qui frappa le premier,
          ATHÉNAÏS.
Puisse d'un Dieu clément la suprême puissance
M'ôter le souvenir d'une juste vengeance.
          NÉARQUE.
Moi, je dis honte et mort à tous les courtisans...
\Vils artisans de meurtre..., eux seuls font les tyrans !

FIN DU QUATRIÈME ET DERNIER ACTE.